ゴリラはいつもオーバーオール

渋 谷 直 角

幻冬舎文庫

ゴリラはいつもオーバーオール

CONTENTS

まえがき

近所の蕎麦屋《そばや》で、昼飯を食べていた時である。

向かいのテーブル席に座った親子連れが、楽しそうに喋《しゃべ》っていた。父親、母親、7歳ぐらいの男の子の3人。子供は地図が好きなのだろう、「韓国は小さいんだよ、ロシアは大きいんだよ」と、国土面積の話を嬉しそうにしている。ほのぼのとした良い光景だ。そして、子供が少々自慢げに、父親に言った。

「ウチ、ドイツに行ったことあるよね！」

すると、父親がこう返す。

「あれは、成増《なります》だ」

子供の顔に衝撃が走った。なんとなく聞き耳を立てていた僕も、父親の予想外の言葉にショックを受ける。意味がわからない。子供がドイツに行ったと思っていたら、実は、成増だった。東武東上線《とうじょうせん》の。そんなトリップがあるのだろうか。子供は「ナリマス……？」とつぶやき、呆然《ぼうぜん》としている。

僕だって呆然とした。子供よ、どこで勘違いしたんだ。どこに間違う要素があるんだ。駅前に西友と「うまいもん酒場」がドーンとある成増の、どこにドイツ要素があるんだ。しっかりしろ！　と言いたい。

だが、この家族の会話は、より深刻な方向へ向かいだす。

「アメリカは……？」

子供が、父親に聞く。アメリカにも行った経験があるらしい。すると、父親が少し顔を歪《ゆが》めた。

「あれは……、蒲田《かまた》だ」

バリバリ大田区である。駅を降りたら富士そばとかドン・キホーテのある蒲田。駅のそばがすぐに大人の飲み屋街になっている蒲田。ここをアメリカと間違うには、だいぶムリがないだろうか。そもそも、地図が好きなんじゃなかったのか、子供よ。なんで気づかないいんだ。

とはいえ、この父親の苦々しいニュアンス。「教育」というより、「告白」といったトーン。これはどうも、子供の勘違いというワケではなさそうだ。父親から積極的に、成増や蒲田を「ドイツだ」「アメリカだ」と教えていたようである。そうならば、子供は悪くない。親の言うことを信じていただけだ。ただ、この親父がなんでそんな嘘をついたのかまったくわからないし、それを今この蕎麦屋で打ち明ける意味もわからない。

子供はすでに涙目で、ぐずりはじめた。それはそうだろう。7歳にして、信じてきたものがガラガラと崩れ落ちる経験に、僕は同情した。あまり広くない店内の、すべての客がこの家族に注目している。母親はそれを察してか、無言を貫き通す。父親も周囲の視線に困惑しているようだった。

だが、それが良くなかったのかもしれない。「子供に間違ったことを教えちゃいけない」。そんな僕たちの無言の圧力を、父親は感じ取ったのだろう。子供にとって、さらに残酷な事実が告げられたのだ。

「矢田亜希子は、イトコじゃない」

ものすごい別角度からの告白だった。僕を含め、店内にいる全員が「この親父、どんだけイイカゲンなことを教えてるんだ⁉」と心の中でツッコんだ。それと「何故、矢田亜希子？」とも。そのセレクト。

子供はもう、ワケがわからなくなっているようだった。ドイツだと思ったら成増で、アメリカだと思ったら蒲田で、矢田亜希子はイトコじゃない。もはや、何を信じていいのかわからないだろう。子供は、父親なのか、その先の厨房《ちゅうぼう》を見ているのか、焦点の定まらない感じでボンヤリと口を開けていた。

結局、この家族は3人とも、さっきまでとは嘘のようなテンションの落ちっぷりで、会計を済ませ、出て行く。子供のこの先の将来に、何か重大なトラウマが刷り込まれた瞬間を見たと思った。

*

これは、2011年の話だ。読み返すと懐かしい。この蕎麦屋も去年、突然閉店してしまった。店主の高齢化が理由だそうだ。東急東横線沿線に住んで20年近くになるが、街の景色はどんどん変わっていく。今住んでいる祐天寺《ゆうてんじ》も、駅周辺はまだまだ再開発の途中である。中目黒《なかめぐろ》と学芸大学という洒落《しゃれ》たイメージの駅に挟まれているのに、やけにゆるいムードが魅力の住宅街だが、この先はそういう街ではなくなっていくのかもしれない。

でも、人間は変わらないのではないか。出会う人、隣にいた人、自分も含めて、相変わらずである。仕事に行ったり、食事したり、散歩したりしてるだけで、何かしら楽しく、驚き、笑ってしまうことは起きる。ならば、そんなに困ることでもない。

この本で書かれているのは、僕の観察記録のようなものだ。皆さんもスマホから目を離したら、すぐそばで起きているかもしれないようなことである。それを読んで役に立つかはわからないが（たぶんまるで役に立たないとは思うが）、そんなに困ることでもないだろう。

落ち込む少年

「こんなこと……初めてだ……」

彼は落ち込んでいた。電車の中で、「ミズノ」と書かれているスポーツバッグを背負った、中学1年生と思《おぼ》しき男の子二人組。その片方の子が、ものすごく暗い顔で、そうつぶやいたのだ。そのあまりのヘコみっぷりに、僕は何ごとか、と思わず視線を向けた。

「……どうしたんだ？」

もう片方のスポーツ刈りの男の子が、メロンパンをもしゃもしゃと食べながら聞く。

すると、落ち込んでる彼は、手に持っていた紅茶（レモンティー）の紙パックを見せて、悔しそうに言った。

「……リプトンが……、飲み干せないんだ……」

意味がわからなかった。意味はわからないが、とにかく彼にとって深刻な状況であることは伝わる。「飲み干せない自分」のふがいなさに苛立《いらだ》っていることが、その表情からヒシヒシと伝わってくる。

しかし、そんなことを言われても返答に困る。「あとで飲めばいいじゃないか」としか言えない。しかし、メロンパンを食べていた友達は、彼の言葉に予想外のリアクションをとったのである。

「……そんな、バカな」

メロンパンを食べる手を止め、信じられないといった顔つきになる彼。まるで裏切られたかのような表情のメロンパン（略称）に、僕の方が驚いた。

「だってお前、いつもは……！」と聞き返すメロンパンに、リプトン（略称）は「俺だってわかんねえよ！」と声を荒らげる。

「こんなハズじゃなかったんだ。こんなハズじゃ……」

「リプトンが飲めない」という現実を受け入れられないリプトン。その落ち込んだ顔をこれ以上見たくないのか、そっと視線をずらすメロンパン。その視線の先にはもちろん、食べかけのメロンパン。メロンパンは気を落ち着けようとしたのか、再びメロンパンを食べだす。少しの静寂の後、リプトンが悔しそうに、ボソッとつぶやいた。

「……あの頃の俺なら、余裕で2パックいけた」

「あの頃」がいつのことなのか、僕に知る術《すべ》はない。しかし、メロンパンも少しは落ち着いたのか、フッと微笑《ほほえ》むと、「気にするなよ」と、優しくリプトンの肩を叩《たた》く。

「あん時のお前の試合は……、今でも伝説だよ」

え、試合⁉　なんの⁉　僕は二人の会話に釘付けになった。しかし、どう見ても中学1年程度にしか見えないこの二人は、昔話に花を咲かせだす。


「荒れてたしな。あの頃の俺は」

「ホントだぜ（笑）」

「誰も怖くなかった」

「無敵だったもんなぁ」

「ミルクティーの時は焦ったけどな」

「ハハハハ」（……何がおかしいのか僕にはわからない）

「あの頃は伊藤園もいけたのに……」


推理するに、どうやらリプトンはかなりの紅茶男だったようである。くわえて、何かの「試合」でかなり名を馳せていたようである。しかし、リプトンしか飲めなくなり、そのリプトンですら飲み干せなくなった、今の自分の姿……。そしてリプトンは、切なそうに窓の外の景色を見つめる。そこには美しい夕陽に照らされる、「代々木アニメーション学院」の看板……。だが、何よりも美しいのは、この二人の友情だろう。困った時は支え合い、辛《つら》い時は励まし合う。見た目も雰囲気も、「ちばあきお先生のマンガに出てきそうな」という形容詞がピッタリなこの二人に、僕は少しジーンとしていた。しみじみとした空気に包まれる中、メロンパンがもう一度、励ました。

「大丈夫だって！　今日は打ち上げだ。パーッとやろうぜ！」

なんの打ち上げをするのかわからないが、とにかくこの後、二人には楽しいことが待っているようだ。その言葉に、ようやくリプトンは少しだけ笑顔を見せて、言った。

「よーし！　今日はとことん飲むか！」

紅茶の紙パックすら飲み干せない中学生が、何をとことん飲むのかはわからない。だが、この無軌道すぎる二人の会話に、すがすがしいものを僕は感じていた。確かに今は、リプトンを飲み干せなくなったのかもしれない。その現実が死にたくなるほど耐え難いものなのかもしれない。だが、未来の選択肢はいくらでもある。そして、飲み干せない君を励ましてくれる、素晴らしい友がいるのだ。それだけでも君は、生きていくのに充分な理由があるんだよ……。

電車が原宿駅に着き、降りるリプトンとメロンパン。元気の戻ったリプトンが「あっ、でも大丈夫かな？」と言った。「何が？」と聞くメロンパンに、リプトンが答える。

「今日、コーラ４本飲んだからなあ」

リプトン飲み干せないの、単にその前に飲みすぎてるだけじゃないのか……？

夢の向こうにいる男1

ある日、いつものように中目黒のコンビニに入り、ジョージアの缶コーヒーとペットボトルのお茶、それと「ヤングジャンプ」を手に取りレジに置くと、愛想の良い男の店員が出てきた。

ジーパンに白いTシャツだった。

正直、面食らった。無地のヘインズらしき白Tに、よっぽど穿き込んだのだろう、良い風合いのリーバイスのジーンズ。陽焼けした褐色の肌に、それはよく似合っていた。「さわやかだな……」と思ったが、店員の制服としてはカジュアルすぎる。だが、店長らしき人物が咎《とが》めている様子もないし、僕自身、言うほどマナーに厳しいわけではない。「たまたま、何かの事情（制服が汚れたとか）でこの格好なのだろう」と思い、特に気にしなかった。

しかし、それ以降この店員は毎日ジーンズとTシャツだったのである。髪の毛が次第に伸びてきて、それを後ろでゴム留めをしたり、ヘアバンドをつけたりなどのアレンジは行うものの、格好は依然としてTシャツにジーパン。

「仕事をナメてるんじゃないのか……？」

僕がそう思いはじめたのも無理はあるまい。気づけば彼の挨拶《あいさつ》は、「いらっしゃいませ」から「こんちは〜ッス！」という普通の挨拶になっていたし、店内にはタバコの臭いが漂う。もちろん、そのTシャツ男がいる時だけだ。コンビニとしては少し問題ではないだろうか？

だが、仕事は出来るのだ。接客も丁寧すぎて鬱陶《うっとう》しいほどだし、おつりとレシートを両手でしっかりと、かつ手際よく渡す仕草はなかなかのもの。僕は考えを改めた。ひょっとしたら、「フレンドリーなコンビニを目指してる」のではないだろうか。そう、まるで「友達の家に遊びにきたような店」。「地元の人が楽しく来れる店にするんだ!」という、彼なりのチャレンジではないか? と思うようになったのだ。

男の挨拶が、「こんちは〜ッス!」から「どもッス〜!」に変わりだした頃、店内にある種の変化が起きていることに気づいた。ホットコーヒーやお茶などを温めるガラスケースの上に、食玩やフィギュアをいっぱい並べている。その食玩やフィギュアに「寒いよ〜」などと書いた紙のフキダシをつけている。なんの宣伝にもなっていないが、なるほど、「友達の家」というコンセプトなら納得だ。遊び心のあるディテールは確かに大事かもしれない。僕としても、居心地の良い店になっていくのは嫌なことではない。そんな一軒のコンビニのチャレンジを素直に応援したいと思ったし、彼の「我が道を行くスタイル」にむしろ好感を持ちだしていたのだ。

だが、さすがにミラーボールが店内に置かれだしたのを見た時は、僕は再び考えを改めなくてはいけないと思った。そのミラーボールは、東急ハンズのパーティグッズコーナーで売られているような安っぽいものではあったが、友達の家にはさすがにミラーボールは置かないだろう。あきらかにコンビニの商品ではないそれは、次の日、二つに増えていた。

それから2〜3日後にコンビニに行くと、僕はさらに驚く。レジの後ろにある、お歳暮やエクスパック500が飾られている棚のところに、『サタデー・ナイト・フィーバー』のレコードジャケットが飾られていたのだ。その横には、『DISCO HITS！』というCDも置いてある。

「そんなバカな」と思った。「まさか、これは友達の家になろうとしてるのではなく……？」。ある予感と戸惑いを感じていると、Tシャツ男は「ど〜も〜」と出てきた。

首にゴージャスなゴールドのネックレスをしていた。

「変えるトコロ違うだろう！」と思ったが、これである種の不安は確実なものとなった。この店は「友達の家のようなコンビニ」ではない。「踊れるコンビニ」になろうとしてるのではないか。

しかし、この店の衝撃は、それだけでは終わらなかった。

レジの横に、ＤＪブースが出来ていたのである。

夢の向こうにいる男2

コンビニのレジに、ターンテーブルが置いてある。

「そんなバカな」と思った。もちろんターンテーブルは2台。真ん中にはオーディオテクニカのミキサーだ。

正直、いきなりの大物登場に面食らった。せいぜい、壁に飾ってあるレコードが増えてるとか、そのくらいの細かなマイナーチェンジだろうという、こっちの甘い考えを見事に裏切られたからである。アベイシングエイプⓇのシールがベタベタと貼ってあるターンテーブル。コンビニのレジにドンと置かれたそれは、あまりにも巨大な違和感があった。そもそも、どうすんだ、コレ……。僕は戸惑いながらも、周りを見てみる。すると、次に目に飛び込んできたのはコレだ。

本物のミラーボール。

天井に、50センチ大のミラーボールがつり下がっている。今まで置いてあった、東急ハンズで売ってるようなオモチャのヤツではない。銀張りのアレがそこにはあった。慌てて壁にも目をやる。そこには『サタデー・ナイト・フィーバー』のレコードももちろんあったが、TLCやRUN-DMC、ブレイクビーツのコンピ集など、異様にHIPHOP、ソウル臭の強いレコジャケがズラズラと並べられている。テクニクスによる、DJ教則ビデオのようなモノまで飾られていた。

「こ、ここまでになったのか……！」

僕はあまりの変貌《へんぼう》ぶりに唖然《あぜん》とした。コレはもう、傍観者でいるワケにはいかない。僕は、相変わらずTシャツにジーパンの男に向かって、缶コーヒー（もちろんジョージア）を差し出し、「コレ……、なんですか？」とターンテーブルを指差し尋ねた。

Tシャツ男はニヤリと笑い、答える。

「これは、ディスプレイと考えてください」

いや、わかるよ！　ディスプレイ以外ありえないだろう！　まさかコンビニにDJ呼んで、プレイさせるわけにはいかないだろう⁉　僕は心の中でツッコんだが、グッとガマンし、「そうなんですか」と納得する素振りを見せた。すると彼は、その後にポツリと言うのである。

「……今のところはね」

僕が「え？」と顔を上げると、彼は続ける。

「本当は、まわしたいんです」

「まわす」とは、もちろんレコードのことだろう。つまり、ココで、このコンビニのレジで、彼自身がＤＪをしたいと。そういうことだろう。

（何を言ってるんだ、コイツは……）

僕はまずそう思った。自分はコンビニのバイト経験はないが、ＤＪの経験なら少しある。一口にまわすと言ったって、基本的にはターンテーブルの前で、一曲かけてる間に次にかけるレコードを探して、曲の頭出しをヘッドホンで行い、さらにピッチを合わせるとか、エフェクトかけるとか、色々忙しいのだ。それを、バイト中にやる⁉　コンビニのバイトって、そんなヒマじゃないだろう。それに、コンビニの客は誰も求めてないと思うよ？　蛍光灯丸出しの明るい店内で踊るだろうか？　もし曲のつなぎ目に、客が来たら、つなぐまで客は待っているのか？

頭の中で様々な疑問が浮かぶため、ずっと無言になっている僕に、彼はさらに驚くべきことを告げる。

「それで、今、●●●●（コンビニの名前）の本社に申請してるんです。まわしてもいいか、って」

ええ――――っ⁉　良いワケないだろ‼　そんな申請通らないよ！　その前に、店長のOKは取れているのか？

僕は、ますます無言になってしまった。なんと答えていいのかわからない。しかし、彼は立ち去ろうとする僕に向かって、ガッツポーズをし、「がんばりますよ！」と笑顔を見せた。

僕はその笑顔に、ある言葉を思い出した。『サラリーマン金太郎』の中のセリフだ。

「確かに実現は不可能だろう。だが、彼は〝やります〟と言った。つまり、彼は出来ると思っているのだ。それを私らが、上から〝ムリだ〟と切り捨てるのではなく、彼の夢の向こう側にいてあげよう、とは思えないかね？」

今、近くに『サラリーマン金太郎』がないからうろ覚えだが、こんな感じのことを金太郎の取り引き相手の老人が言っていた。

そうだ。この男は、〝出来る〟と思って本社に申請しているのだ。それを、僕は頭から「ムリだ」と決めつけている。汚れている。僕は汚れちまったよ。いつから僕は体制側の人間になっちまったんだ？　そうだ。僕も、彼の夢の向こう側にいてあげよう。彼が無事にレコードをまわせる日が来たら、アイスが置いてある冷蔵庫の前で踊ろう。そのためには、マメにお店に行って、彼の動向を知らなきゃいけない。

それ以来、僕は、男の「コンビニＤＪ」という夢が実現するかどうかを見届けるため、毎日コンビニに通った。しかし、カウンター奥のレコードが増えていることと、ＤＪブースの下にペアレンタル・アドバイザリーのポスターが貼られたぐらいで、大きな変化が見られない。２週間を過ぎても何もないことがわかると、僕は「ひょっとしたら、本社がＮＯを出したのかもしれないな……」とあきらめ気分でいた。

しかしある日のことだ。またも深夜にコンビニへ行き、「ヤングジャンプ」とジョージアの缶コーヒーを手にレジに向かうと、店員はTシャツ男だった。いいかげん、夢の続きはどうなったの？　と聞こうと思ったが、僕の前に先客がいる。いかにも中目黒住人らしい、モード系のファッションを着崩した感じの若い男。おそらくアパレル関係の職業だろう。彼の買い物が済むまで待っていると、彼はTシャツ男に向かって、こんなことを言いだしたのだ。

「ターンテーブル、カッコイイっすね」

すると、Tシャツ男は「アハッ！」と満面の笑みを浮かべ、「あざーっす！」と言った。

「俺、ホントはいつも別のコンビニ行ってるんスけど、ウワサを聞いてココ来たんス」

「ウワサってなんですか？」。Tシャツ男が笑いながら聞くと、客の彼が答える。「いや、このコンビニ、超話題になってるんスよ！　タンテ（ターンテーブル）置いてる、ヤバイコンビニがある、って！」

　彼の言葉に、Ｔシャツ男は本当に嬉しそうに笑った。「マジですか〜⁉　どこで話題になってるんですか〜？」。すると、客の彼は驚くべきことを口にした。

「いや、俺らの友達まわりでも超話題だし、ネットとかでもガンガン広まってて」

　店内に、Ｔシャツ男の大きな笑い声が響いた。「おかしくてしょうがない」とばかりの大爆笑。僕も、その客の言葉にはビックリしていた。このコンビニがそんなにこの街の話題になっているとは思っていなかったのだ。すると客の彼がかぶせてくる。

「それで、本社にＤＪしたい、って言って戦ってる店員がいるって聞いて。超ヤベー、応援しなきゃとかマジ思って来たんスよ！」

　客の彼の言葉に、Ｔシャツ男は驚いて、叫ぶ。

「なんでそんな、内部情報が筒抜けになってるんだ⁉」

（……アレ？　その情報って、ひょっとして僕のこのコラムじゃないのか……？）そんな予感がした。このコラムがどれだけの人に読まれているのかはわからないが、その可能性はなきにしもあらず。この、僕の目の前の客の男が読者だったのかもしれない。そしてTシャツ男も、ハッと何かに気づき、僕の方を見た。その瞬間、僕は「マズイ！」と思い、首を横に振る。（僕じゃないよ！）という意思表示だ。Tシャツ男がそれを理解したかどうかはわからないが、彼はフッと笑うと、客の男に向かって言った。

「そうなんですよね、まわすのは、ちょっと難しい部分があって……」

ちょっとどころじゃないだろう、と僕は思ったが、今は彼に疑われている身。目を合わさずに俯《うつむ》いて、じっと話を聞く。そして、客の男の「まわせないんですか？」という質問から、話は大きく進展したのである。

Tシャツ男は、ニヤリとして、「実は……」とレジ奥に布がかぶさっている「何か」に向かい、布を取った。客の男が「あっ！」と叫び、僕も顔を上げ、その方向を見る。

それは、アンプとスピーカーだった。ということは？　答えは一つしかない。客の男が聞く。「まわせるんスか⁉」。するとTシャツ男は「はい！」と元気よく頷《うなず》いた。

（夢、かなえたんだ……！）

僕は不覚にも、感動していた。彼の半年間に及ぶ、無謀とも思える挑戦は今、結実したのだ。

「ただ、会社の方針として、店内にはUSEN（の曲）がかかってなきゃいけないんですよ。だから、ターンテーブルのまわりでしか音出せないんですけどネ……」

そう言うTシャツ男の表情は若干悔しそうではあるが、充分である。そして、あのフレーズ。DJをやってる者なら必ず使う、あのフレーズを口にしたのだ。

「週末の夜中まわしてるんで、来てくださいよ」

Tシャツ男はとても誇らしげな顔をした。しかし「来てくださいよ」の「来る場所」は、コンビニである。あらためて、不思議な会話であることを認識させられるが、その場では夢がかなった感動に包まれている。客の男も感激して、「絶対来ますよ!」と言って去っていく。その次に僕も、「良かったですね」とTシャツ男に言った。Tシャツ男はまた、「あざーっす!」と微笑んだ。

そして週末の夜中、僕は期待に胸をふくらませてコンビニへ向かった。店に近づくにつれ、店内のBGMがいつもよりノイズっぽい、二つの音楽がかかっている騒がしさがある。僕は思わずニヤケてしまった。

「やってる！」

夏フェスのエントランスに向かう時のような高揚感で、コンビニに入る。店内に入ると、まず店内でかかっているＵＳＥＮに耳を奪われた。それはＳｏｗｅｌｕの、『Ｄｅａｒ ｆｒｉｅｎｄ』という曲。そして、ターンテーブルの近くにあるスピーカーから流れているのは……。

……こ、これ、『ドリフのヒゲダンス』じゃないか!!?（正確には『「ヒゲ」のテーマ』）

レコードジャケットが並べられているレジ奥の棚に、さも「ナウ・オン・プレイング」とばかりに飾られている『ヒゲダンス』の7インチを見つめながら、僕は呆然としていた。いや、確かに『ヒゲダンス』は、ジャパニーズ・ソウルの名曲。うねるベースラインはカッコイイよ。でも、でも、でもでも！　お前があんなにがんばって成し遂げたコンビニＤＪの夢、こんな15年前のＤＪが「ネタ」でかけるような曲でいいのかよ!!?

しかし、Tシャツ男の満足げな顔を見れば、その思いも消える。次に何かけようか、といった塩梅《あんばい》で、レジの下でしゃがんでレコードを選んでいる彼の姿は本当に楽しそうだ。そして、次の曲がかかる。

ジャパニーズR&B、SOULHEADの曲だった。

僕さあ……、コレなら、普通にUSENへリクエストするだけでいいと思うよ……。

※この原稿を書いた時、いろんな人から「そんなコンビニ、本当にあるのか？」と聞かれた。僕の文章自体本当の話なのか疑われることも多いのだが。しかし、このコンビニは確かに話題になっていたようで、DJ KUNIMUNEというスクラッチDJが、このコンビニの

ターンテーブルでスクラッチをキメる、というプロモーションビデオが動画サイトにアップされた。今は残念ながら、削除されている。

ラブホテルを治める男（前編）

「ラブホテルで撮影するのは色々と大変らしい」

それは前々から他の編集者やライターのウワサで知っていた。確かに、ああいう場所の背後にはコワ〜イ人たちがいっぱいいそうである。しかし、ラブホテルで撮影など、エロ本かアラーキーの担当でもなければなかなかあることではない。だからあまり自分とは関係ないと思っていたし、大変だと聞いても「そうなんだ」程度の認識だった。だが、程なくしてそれを身をもって体験することとなったのだ。

とあるバンドに取材をする際、そのミュージシャンが「撮影をラブホテルで行いたい」と言ってきたのである。某駅近くにあるラブホテルが、70年代から内装がそのままで、昭和レトロのような雰囲気があり、カッコイイのだと言う。正直、「面倒くさいな」と思ったが、良い写真が撮れるのならしょうがない。

雑誌の撮影は、基本的に撮影場所に許可を取らなければいけないので、まずそのラブホテルに電話し、アポを取ることにした。昼間はなかなかつながらないと思ったので、夜に電話をしてみる。長いコールの後、おばさんの声で「はい」と素っ気ない声が聞こえた。

「ホテル・●●さんでしょうか？」

「違います」

切られた。間違えたのか。いや、確かにこの番号で良いハズ。もう一度電話してみる。再び長いコールの後、また「はい」と素っ気ないおばさんが出た。「ホテル・●●さんですよね？」「……」。今度は黙っている。僕は畳みかけることにした。

「実は雑誌の撮影で、そちらの部屋を使わせてもらいたいんですけど……」

「そういうの、結構ですんで」

また切られた。あまりに素っ気ない結末だった。でも僕は、「ま、アポ入れしたけど、ダメだったってことで！」と持ち前の切り替えの速さで、ミュージシャンに電話をし、「ダメだったんで、別の場所にしましょう！」と頼んだ。

「なんであきらめるんだ！」

怒られた。ミュージシャンは「あのラブホテルじゃなきゃダメなんだ」と断言する。確かに音以外にもジャケットやファッションなどもかなりコンセプチャルなバンドで、たとえ雑誌の1ページの撮影でも確固たるテーマが自分の中で決まっている。どうしても譲れない、というのだ。「わかりました……」。仕方なく、再チャレンジすることにした。

とはいえ、その後も電話では「違います」「結構です」の繰り返しである。かといってミュージシャンには「やっぱムリそうなんですけど……」と言うと「まだ時間がある」と怒られる。このままではらちがあかないので、僕は直接ラブホテルに赴き、直談判するしかないと決意した。

そのラブホテルはうらぶれた雰囲気で、昭和の香りがプンプンしていた。確かにオシャレかもしれないが、イマドキの綺麗なラブホテルより、歴史も重みもありそうで不気味に感じる。しかし、出てきた人は電話口のイメージとは違う優しそうなおばさんで、幾分かホッとした。

「撮影で部屋をお借りしたいんですけども……」

「ＡＶですか？」

「いえ、雑誌なんですけど」

「エロ本？」

「いえ、普通の雑誌です。ミュージシャンの撮影をしたくて……」

「…………」。おばさんはしばし考え込み、もう一人いた男を呼び出した。どうもおばさんより偉い立場の男のようである。

「雑誌の撮影で使いたいみたいなんだけど」というおばさんの言葉に、男は僕を鋭い目でギロッと見た後、

「AVか？」と聞いた。

「いえ、雑誌なんですけど」

「エロ本か？」

「普通の雑誌です」と、また同じ問答を繰り返す。僕が説明した後、男は腕を組み「どうかなぁ……」と考えだす。そして、また一人、男を呼び出した。その新たな男が僕を見て、こう聞いた。

「AVか？」

違うっつってんじゃゃん!!　そう言いたい気持ちをグッと抑えて、僕は今日3回目の

説明をすると、男たちは「う〜ん……」と考え込んだ。

「でも、いいんじゃない？　ＯＫしても」。おばさんは、わざわざここまで来た僕を哀れに思ったのか、男たちに許可するよう促してくれている。

（おばさん、がんばれ！）と心の中でエールを送っていると、一人の男がポツリと言った。

「でも、○○さんに前もって言っておかないと、マズイだろう……」。

「あっ……」と、おばさんは若干顔をこわばらせた。「そうね、○○さんに言わなきゃダメね……」。

なんだ、○○さんって。さらに偉いヒトがいるのか。もう一人の男は、「まっ、○○さん次第だな」と言い残して消えた。正直、ここまで面倒くさいと思ってなかったので、僕は若干イライラしていた。だが、ここまで来れば、後はラクだろう。男から、その○○さんに一本連絡して返事をもらえば、この面倒くさい許可取りも終わる。さっきまでの緊張とイライラがようやくほぐれてきた僕に向かって、男はこう言った。

「あんた、○○さんに会いに行って、許可を取ってくれるか？」

え〜〜〜〜〜〜っ!!?

呆然とした。同時に「嫌だ」と思った。まだ許可取りに行かなきゃいけないのか⁉
というより、そんな、おばさんですら顔をこわばらせている○○さんに、僕一人で会いに行くの⁉

男が言うには、○○さんは、このラブホテルを仕切っている人で、ここ以外にもこの街のラブホテルを束ねている人らしい。そして、この街で一番大きいラブホテルにいるから、そこへ行けと言うのだ。

「じゃあ、その○○さんに会って、もう一回説明するしかないんですね？」と、僕が確認すると、「そう。あんたが行くことは伝えておくから。それと、会いに行くのは夜11時以降にしてくれ」。

夜11時なんて、もっと嫌じゃないか。しかし、もう引き返せない。「わかりました……」と渋々僕が帰ろうとすると、男が去り際に言った。

「そそうのないように」

……ど、どんなヒトなんだぁ〜っ⁉

ラブホテルを治める男（後編）

ラブホテルはすぐに見つかった。そのホテルは、まるでドイツの片田舎に建っているお城のような外観で、「ボロい」なんて言葉では形容出来ないほどの朽ち果てっぷりだった。人が入っている様子もなく、壁には異常なほどツタが絡まっている。「怪物くんの家ってこんなんだったな」。そんなことを思ったりもしたが、夜の闇にそびえ立つホテルの様子はひどく不気味で、僕は入るのに躊躇《ちゅうちょ》した。

意を決して中に入ると、フロントまでやけに長い一本道の通路が続いている。安そうな緑の絨毯《じゅうたん》が敷いてあり、歩くとギシギシ音が鳴る。天井にはカメラが取り付けてあり、入ってきた者をチェックしているようだ。「これ……、ヤクザの事務所と同じじゃないの……？」。『課長　島耕作』で読んだことがある。ガサ入れの時対応出来るようにするため、長い通路になっているのだ。このホテルがそういう目的でカメラを付けているわけではないと思うが、それを思って緊張してしまう。そして、10メートルほど歩いただろうか、向こうに人の姿が見える。

杖《つえ》をついた老人だった。

それは「おじいさん」といった優しい風情ではない。ドラクエなら話しかけると戦闘になるパターンの風貌だった。しかも、僕が近づいても、僕の方をまったく見ない。どこか遠くを見たままである。普段の自分なら、見た目でどうこうというのはないのだが、シチュエーションがシチュエーションである。ものすごく怖かった。

「あ、あの、し、渋谷と言いますが、○○さんにおおお、お会いする約束をしてまして……」と口ごもりながら話しかけると、老人はやはり目を合わさず、「こちらへ……」と素っ気なくつぶやいた。

老人のスローペースな歩みにリズムを崩しながらも、僕は後をついて行く。どうやらエレベーターに乗るようだ。エレベーターもまた、異様にボロい。「ゴゴン!」「ガン!」などとやかましい音を立てながら昇っていく。その間、老人は一言も発さず、どこかを見ている。

この時点で、僕はかなりビビっていた。このラブホテルに着いてからというもの、すべてが「？」の連続であり、何が起こるか全然予想が出来ない。エレベーターが開いたら、一体どんな空間が待っているのか？　また長い通路なのか？　それとももっと不気味な部屋が待っているのだろうか？　するとエレベーターのドアが「ゴゴゴン！」と大きな音を立て、開いた。

と、同時にものすごい突風が吹いてくる。

「⁉」

そこは外だった。

なんで外⁉　僕は再び言葉を失う。どうも屋上のようだ。しかも、外観に違《たが》わぬ、お城のような雰囲気。映画のクライマックスで、兵士がお城に攻め込んできた敵と戦うような感じの場所である。落ちたら確実に死ぬような、フェンスもない吹きっさらしだ。

ゴウゴウと寒風が吹きすさぶ中、老人と僕が屋上を歩く。すると向こうにまた部屋の入り口が見えた。いよいよ大ボス登場の予感に、僕はさらに緊張する。老人が鍵を出し、ドアを開く。

その部屋に入ってまず目に飛び込んできたのは、異様に散乱している椅子だった。激しいケンカの後のような、そこら中にひっくり返っている椅子。老人がその椅子を一つ持ち上げ、隅っこにある長テーブルの横に置き、「どうぞ、ここへお座りください」と言った。

「それでは、〇〇を呼んでまいりますので、お待ちください」と、老人はその部屋から出て行く。この部屋の奥に、また通路があり、〇〇さんはどうもそこからやってくるようだ。シンと静まりかえった部屋にポツンと一人で残される。豪華なシャンデリアと、壁にかけられた大きな絵画。そして散乱した椅子。そんな部屋を見回しながら、僕は、〇〇さんのことを考えていた。この街のラブホテルを束ね、このお城に住む男。一体どんな人なのだろうか。ものすごいマッチョなイカツイ男？ それとも黒マントが似合う、怪しげな男？

10分ほど待った頃だろうか、通路の方から「ギッ、ギッ」と音がする。誰かがやってくるようだ。

そして、さっきの杖の男が連れてきたのは、車椅子に乗った老人だった。

髪の毛はほとんどなく、真っ白なアゴヒゲだけが異様に長い。しかし、眼光の鋭さから、ただの老人ではないことがわかる。これが〇〇さんの正体だった。僕の予想は外れたが、それでも緊張と恐怖を強《し》いるに充分の存在感があった。そして、〇〇さんは僕の前に来ると、大きく咳払《せきばら》いをし、杖の男に向かって言った。

「ポカリをくれ」

一言目の言葉が「ポカリ」だったことに、僕は思わずプッと笑ってしまった。すると〇〇さんがギロリとこちらを睨《にら》むので、慌てて咳払いをしてごまかす。そして僕は「先手必勝」と思い、あらためて自己紹介をし、雑誌を見せ、「撮影に使わせてほしいのです」と言った。すると、〇〇さんはしばし考えた後、こう、僕に尋ねる。

「ＡＶか？」

もう何度、どれだけの人と、このやりとりをしたのかわからない。僕は「いえ、違います」と言って、また同じ説明を繰り返した。僕の再度の説明を聞いた〇〇さんは、またもしばらく考え込み、言う。

「ＡＶか？」

これは長い戦いになりそうだぞ、と僕は思った。それから何回、同じ説明をしただろうか。おそらく5回は同じことを繰り返したと思う。5回も繰り返し喋っていると、自分でもさっきまでの緊張がほどけていくのがわかった。後半はかなり流暢《りゅうちょう》に喋れていたはずである。そして、とうとう〇〇さんは、「わかった」と頷き、杖の男に「指示をしておけ」と言った。


（やった……！　やったぞーっ!!）。僕は心の中で目的達成の喜びを嚙《か》みしめた。長い道のりだった。後はもう、早々に立ち去るだけだ。「それでは、よろしくお願いします」と、話を締める方向に持って行くと、〇〇さんは「ちょっと待て」と言う。そして杖の男に、何かを持ってくるように指示した。

僕はまだ何かあるのか!?　と震えたが、杖の男が持ってきたのは、白い紙に書かれた詩のようなものだった。「趣味で書いているんだが、出版の人から見てどうかね」と、○○さんは僕に聞いてくる。僕は詩の良し悪しはまったくわからない。とりあえず読んでみると、その詩は「何か辛いことがあっても、陽は昇り、明日は来る」といったことを、抽象的に書いた内容だった。

緊張も解け、目的を達成した安堵《あんど》の気持ちもあったのだろう。僕はその詩を見て、こう言った。

「ドラゴンアッシュみたいですね」

今考えれば、なんでそんなことを言ったのかわからない。そもそも、○○さんにドラゴンアッシュと言ったところでわかるはずないのだ。それに、別にたいしてドラゴンアッシュっぽくない。

しかし○○さんは、僕のそのピントのズレた感想に笑った。なぜかはわからないが、笑っていた。僕もつられて笑った。二人で笑った後、〇〇さんはムセたのか、「ゴホゴホッ、ゴホッ……！」と咳をした。その咳があまりにも続くので、杖の男が慌てて、「もう、お部屋に戻りましょう」と〇〇さんを促す。そして僕の方を睨み、「ホテルには伝えておきますので、今日はこれで……」と言って、2人は立ち去った。

夢を見ているかのような、現実味のない時間だったが、僕はなんとか目的を達成することが出来た。ラブホテルを出た後、僕は早足で駅へ向かう。その足取りは軽く、何かしら誇り高い気持ちであった。

「ラブホテルを束ねる男に会った。そして笑わせた」。男として、一つレベルアップしたような気分だ。今の僕はきっと、本宮ひろ志タッチの顔つきに見えることだろう。

件《くだん》のミュージシャンに許可が取れたことを伝えると、非常に嬉しそうに僕を誉《ほ》めてくれた。撮影当日、ホテルに入ると、ミュージシャンは開口一番こう言った。

「ごめん、記憶違いだった。このホテルじゃないわ」

恋をした男1

友人が、恋をした。

相手は僕の知り合いの女の子。とある飲み会で集まった時に一緒になり、友人は一《ひと》目惚《めぼ》れしてしまった。顔、声、ファッション、すべてがツボで、メロメロになってしまったらしい。

「どうしよう、ヤバイ。あの子はヤバイ」

それ以降、彼は僕と会うたびにそう言い、「どうやったらつきあえるんだろう？」「どんなタイプが好きなんですかね？」と相談してくる（友人は誰に対しても敬語で話すのだ）。しかし、僕も彼女のことをそれほど知っているわけではない。だから、特に何かアドバイスが出来るわけでもなく、せいぜい彼女が来そうな飲み会に誘うことぐらいしか出来なかった。

しかし、僕らもガラスの30代、そろそろ「結婚」の二文字も意識しだすお年頃である。そんなところに一目惚れ出来るような女性が現れたのだから、人生とは素晴らしいものだ。僕は彼を応援することに決め、友人たちを促し、再び飲み会を行うことにした。もちろん、彼女も来ることになり、嬉しそうな友人に「チャンスだね」と僕は言った。友人は背も高く、ルックスもなかなかカッコイイ。ギョーカイの、そこそこ華々しい仕事をしており、結構モテる男である。なので、きっかけさえあればその彼女ともうまくいくだろう。彼も、「絶対、この日で決めます！」と鼻息荒く意気込んだ。

しかし当日、友人は意外な行動に出た。

まったく喋らないのである。

それどころか、無愛想にも見える。僕は不思議に思ったが、何か事情があるのかもしれないと思い、特に気にしないことにした。しかし、彼は飲み会が終わるまで終始無言のまま。彼女が帰った後、僕は心配になって、友人に「具合でも悪いの？」と聞いた。ところが、彼は「え？　悪くないですよ」と、シレッとした顔で答えたので、「じゃあなんで、メアド聞いたりとかしなかったの？」と聞く。すると彼はキッパリと答えた。

「勃起してたんです」

僕は呆然とした。彼曰《いわ》く、彼女の顔を見ただけで勃起してしまい、席を立てなかったというのだ。

女性読者の方には理解出来ないかもしれないが、確かに男は、エロい気持ちだけじゃなくても勃起するということがある。好きな子の前でそうなるというのは、男なら誰でも心当たりがあり、それは健全な反応であると思っていただきたい。

だが、みんながスケジュールを合わせてセッティングしたこの大事な飲み会で、一人喋らずに勃起していたとは何事か。「飲み会の間、ずっとじゃないだろ？」と僕が聞くと、「ずっとです！」と彼は笑顔を見せた。まるで厳しい試練を乗り越えた修行僧のような、誇り高い笑顔である。そのさわやかな笑顔に、僕も一瞬、「『花の慶次』みたいな男だな」と感心しかかったが、問題は何一つ解決していない。「だからって黙ってることないじゃん。せめて隣の席へ行くとかしなよ！」と僕が責めると、彼は「だって移動する時、勃起してるのがバレたらカッコ悪いじゃないですか！」と憤慨した。いや、確かにカッコ悪いかもしれないが、大事なのはそこじゃないだろう。「せっかくのチャンスをムダにしちゃったじゃん」。そう僕が言うと、「ムダじゃないですよ」と彼は言った。

「あの子、絶対僕のことを、クールでミステリアスな男だと思いましたから！　成功です！」

何が成功なのかまったくわからなかったが、その自信満々な彼の表情を見て、僕は無言になった。「この恋、長くなりそうだなぁ……」という面倒くさい気分に包まれたからである。

そして、出足から歯車が噛み合ってないままに、この恋はスタートしたのだった。

恋をした男2

友人はその飲み会以来、ますます彼女に思いを募らせているようだった。今までは僕にも、会ったり飲んだりした時に限って、恋の相談を持ちかけていたのだが、今では頻繁に僕に電話をしてきて、「こうしたらどうでしょう？」「どんな感じでメアド聞けばいいですかね？」などと相談してくるようになっていた。

「つうかさ、別に今まで彼女いなかったわけじゃないじゃん。なんでそんなに考え込むの？」。これまでも友人は数々の恋をしてきたし、イケメンなのだから、これほどまでに悩むようなこともなかったはずである。「今までと、どう違うわけ？」と僕は聞く。

「彼女は、アートなんですよ」

意味がわからなかった。突然のアート宣言に戸惑っていると、友人は続ける。

「あの子には、今までの俺じゃ通用しないんですよ。だからこんなに相談してるんじゃないですか！」

なぜ、そんなに通用しないのかピンと来なかったが、彼の決意は尊重したい。時を待たずして、再び飲み会が行われた。そこに来た友人の姿に、僕は目を疑う。白いスーツで、英字新聞片手に現れたのだ。往年のジュリー（沢田研二）のような白スーツ。そして英字新聞。「今までのやり方じゃダメなんだ」という彼の気合いはこういうことだったのか？　おもむろに席につくと、バサッと英字新聞を広げる。まるでニューヨーカーのブレックファストのような、オープンカフェの雰囲気を思わせるスタイリッシュな動きだった。

しかし、ここは「海峡」＠居酒屋である。しかも飲み会である。そこに一人、NY

流を持ち込んできた彼に、誰もが一瞬言葉を失った。

　以降、友人はやはり、彼女と喋ろうとしなかった。気むずかしそうに英字新聞を読み、時折入る仕事のメールをチェックするという行為を繰り返す。再びクールな男を演じようとしているのだろうか。便所で一緒になるや否や、僕は言った。「アホかオマエは！　英字新聞とかはともかく、喋れ！」。すると友人は、「もちろんですよ。今日の目的はメアドですから」と自信満々だ。そして、「俺流のアートをお見せしますよ」と友人は言った。

　席に戻ると、友人はちょっとずつ喋るようになり、彼女の隣の席に移った。ほぼ対面の席にいた僕は、心の中で「おお！」と歓声をあげる。そして友人は彼女に、「メアド教えて！」とストレートに聞いた。

（長かった……）。僕はホッとした。友人が一目惚れして2ヵ月。ようやくメアドを聞くまでの所に辿《たど》り着いたのだ。彼女も「いいですよ」と答え、携帯を取り出す。これで良いのだ。変に考えすぎるより、ストレートなのが一番。しかし再び、友人は僕を驚かせる。

「携帯忘れてきちゃった」

え⁉　この肝心なところで、そんなイージーミスを犯すのか？　僕は思わず腹が立ったが、それは友人の作戦だった。彼は自分のカバンから、「じゃあ、コレにメアド書いてくれない？」と何かを取り出す。

カンヴァスと絵の具だった。

まさか……、これが……。

アート‼？

居酒屋で、小さなカンヴァスと絵の具、絵筆を取り出し、彼女に書かせようとする友人の姿に、事情を知らない他の友人たちは笑っていたが、僕は一人だけイライラしていた。どういう演出なんだ。なんの意味があるのだ、コレに。しかし、彼女は「絵、描いてるの？」とノッてきた。女性の価値観は様々である。友人も「今度描いてみようかな、と思って買ってきたんだ」「絵、いいよねー。私も描きたいなって最近思って……」などと盛り上がる。僕はあっけにとられつつも、見事友人のアート宣言は功を奏したのである。ならば、怒る必要はない。今、この瞬間を祝福しよう、と気持ちを切り替えた。

驚くべきことに、友人はデートの約束までその場で取り付けた。「美術館に行こう」と誘ったのだ。ちょうど彼女もピカソ展に行きたいと思っていたらしく、話はトントン拍子に進む。

結果、今日の飲み会は大成功だった。「じゃ、メールするねー」と彼女に言って別れた後、僕が「良かったね！」と声をかけると、友人は何か考え込んでいるようだった。そして、「直角さん、お願いがあるんですけど」と言った。

「明日、クルマ買いに行くのつきあってくれませんか？」

え――っ⁉

恋をした男3

「直角さん、明日クルマ買いに行くのつきあってもらえませんか？」

友人のその言葉が、僕にはすぐには理解できなかった。だがそれが、「デート＝ドライブ＝クルマ購入」という恋の方程式であることに気づくと、一気に彼のことが心配になる。

「ちょ、ちょっと落ち着きなよ。まだつきあえるかどうかわかんないじゃん」。デートが決まって即クルマ購入は、いくらテンションが高くても焦りすぎだ。すると友人は僕に、「……直角さん」と諭すかのように言う。

「あの子は、僕にとってハーバード大学なんです」

またも意味のわからないことを言う友人。アート宣言から一転、ハーバード大学とはこれ如何《いか》に。「そのココロは？」と聞くと、彼は言った。

「……並大抵のことでは、合格出来ません」

あまりヒネリのない謎かけだった。そこで僕が、「恋の代ゼミがあったらいいのにねえ」とかぶせると、

「ふざけないでください！　僕は真剣なんです！」

いきなりムッとする友人に、「だ、だからってクルマ買わなくても……」と誤魔化す。「そのくらいやらなくては、彼女をゲットすることなんて出来ないんですよ！」。

その決意に、僕は心を動かされた。これが一目惚れのパワーなのだろうか。次々と自

分を追い込むかのような彼の行動に、感動を禁じ得なかったのである。もっとも、それ以上に痛々しさの方が大きかったのだが。

僕は次の日仕事があり、彼のクルマ購入につきあうことが出来なかった。夜も更けた頃、友人から電話が来る。「買っちゃいましたよ！」という報告だった。

「結局、なかなかいいのがなくて。静岡まで行っちゃいましたよ！」

僕は心底、彼の買い物につきあわなくて良かったと思った。ネットで調べて静岡のディーラーから買ったという、中古のフィアット・パンダ。高額ではなかったようだが、それにしても恐るべき行動力である。

その後も凄《すご》かった。彼女が酒好きなのに、自分がまったく飲めないということをコンプレックスに感じたのか、「酒が飲めるようになろう！」と決意し、５００ミリリットルのビールを１本買ってきて、それをチビチビ、同じ缶ビールを３日かけて飲み干すのだ。冷蔵庫にも入れず、炭酸も抜けきったぬるいビールを、吐きそうになりながら飲むのだという。そんな飲み方でビールが美味《うま》いわけないのだが、その荒行のおかげで生ビールも2杯、チンザノロックを3杯は飲めるようになった。恋のパワーは偉大である。出来ないことが出来るようになるのだから。第一、クルマ運転したら酒飲めないじゃないか、という根本的な矛盾にすら気づかない。とにかく友人は、考え得るすべてのウィークポイントを鍛え上げた、K－1戦士へと変貌したのだ（K－1のKは恋のK）。

そして、万全を期した状態で、いよいよデートの日がやってきたのである。

恋をした男4

デートにはもちろん、僕がついていくワケには行かない。だから友人は、

「今、起きました！」

「クルマを洗車してま～す」

「今から出発します！　がんばるど！」

などと、恋人のような報告メールを逐一、僕に送りつけてくる。「今から出発」のメールに、とりあえず「がんばってね」といった返信メールを打っていると、彼から電話が来る。

「直角さん、ヤバイです」

彼の深刻そうな第一声に、「ど、どうしたの？」と不安になって僕が聞くと、

「まだ会ってないのに、もう勃起してます」

小学生レベルの会話に、僕は呆《あき》れたが、彼がどれだけの決意を持ってこのデートに臨んでいるかを考えると、怒る気にもなれない。

僕は「がんばれ！　勃起はＴＰＯを選んで！」とだけ言って、メールの返信をするのはやめた。


夜、9時頃に彼から電話があった。

「デート、無事終了しました〜」

そうか、どうだった？　と聞こうとしたが、その前に僕は思わず怒鳴った。


「早すぎるよ！」

30歳過ぎの男女が、9時にデート終わりというのはあまりに問題がある。しかし、

「え、なんでですか？」と聞き返す友人に、僕は「……まあ、いいや」と言って、「ど

んな感じだったの？」と続けて聞いた。

「美術館行きました」「それで？」「ごはん食べました」「その後は？」「カフェでお茶しました」「……で？」。ものすごく嫌な予感がしながら、僕は次を促す。

「帰りました」

この、遠足の感想文のような報告に僕は黙ってしまった。さらに嫌な予感、いや、ここまで来ると確信だが、次の質問をする。

「告白は……？」

もちろん答えは「してません」。

後はもう、この質問しか思い浮かばない。

「……勃起は？」

すると、彼は「へへへ」とまるで少年のような笑い方で、「してました！」とお茶目にテレた。

「ア……、アホー！」。僕は憤慨する。それからしばらく、説教モードで彼を責め続けた。中学生のデートじゃないんだ、ただ楽しんでたって友達で終わっちゃうんだ、告白出来なくても、君が好きなんだ、というアピールはしなきゃダメだ、etc…。僕も別に石田純一のようなプレイボーイではないから、そんなに偉そうなことは言えないのだが、友人のこのあんまりなピュアっぷりは、さすがに違うと思うのだ。「収穫はなかったの⁉」と、半ばヤケクソ気味に訊くと、

「あるんですよ、コレが！」

と彼は自信満々に答えた。「え、あったの⁉」。意外な返事に、僕の声も一気に明る

くなる。すると彼は、嬉しそうに言った。

「おっぱいが、僕のヒジに当たりました！」

僕らは『BOYS BE…』の世界にいるのだろうか。またカワイイエロだな、コレ。「柔らかかった〜」と余韻に浸る彼に、僕は再び、烈火のごとく説教をする。しかし、僕の言葉に対しだんだん無言の時間が多くなる友人が少し可哀想《かわいそう》になってきて、「まあ、もう今日のデートは終わったんだからしょうがないよね」と言い、「次のデートの約束はしたの？」と聞いた。聞いておいてなんだが、あまり期待は出来なかった。そして、その答えももちろん、「してません」。

心の中でため息をついたが、「じゃあ、すぐメールしなよ。今日は楽しかったね、次はどこどこに行こうよ、とかさあ」と優しく言う僕に、彼はいきなり強い調子で「ムリですよ！」と言う。「なんで？」と訊くと、

「彼女はもう寝てます！　僕のメールで起こしたら悪いじゃないですか！」

まだ10時である。彼女も僕らと年齢は変わらない。そんな女性が10時に寝てる可能性も低いのではないか。そう言っても、

「いえ！　あの娘はそういう子なんです！」

頑としてメールを拒否する友人。僕は疲れて、「じゃあ、明日でいいよ……」と答えた。すると、しばらく友人は無言になり、思いがけない言葉を口にする。

「……直角さん、全然僕のこと親身になって考えてない！」

ええ――――――っ!!?

感情を爆発させた彼の言葉に、僕は驚いた。

「ダメ出しばっかして、僕の恋を遊び半分で応援してるんでしょう！」

まあ、人の恋路をこうしてコラムにしてるくらいだから、責められる余地は充分あるのだが、まさかそんな怒られ方をされるとは思わず、僕は再び呆然とした。コレは正に、絵に描いたような逆ギレではないか。

「遊び半分じゃないよ……」と返す僕に、
「僕は誉められれば伸びるタイプなんですよ！　わかってくださいよ！」

典型的な都合のいい言葉だと思ったが、僕だって誉めてあげたい。だが、どこを誉めていいのかわからないのだ。

そして、気まずいまま数日が経《た》った。彼からの連絡は来なかった。半月ほど経った頃、彼から電話が来る。

「相談に乗ってもらえませんか」

彼の言葉に、僕は少なからず喜びを覚えた。やはり、頼りにしてくれてたのだろうか。親身だったことをわかってもらえたのだろうか。そして、彼女と進展があったのだろうか。

「また別に、好きな人が出来たんです」

……4回にわたってこの恋愛をルポしてきて、こんなどうしようもない展開になるとは僕も思わず、ガッカリしてしまった。期待していただいた皆さんにも申し訳ないとは思うが、僕は悪くない。いや、リアルタイムでルポした僕が悪かったのか。

「今度の子は違うんですよ！」と続ける彼の言葉が耳に入らない。

「彼女は、僕のネバーエンディングストーリーなんです！」

もはやそのココロは？　と聞く気にはなれなかった。しかし、正にネバーエンディングな長い話があるのだが、基本的にはこれまでの3回とほぼ同内容と思っていただきたい。

チャリで来る男

12月になると、僕はいつもアイツのことを思い出す。

名前は「ケムタク」と言った。髪の量が多く、髪形がキムタクに似ていたために、「ケムタク」と呼ばれるようになった。顔も、キムタクにそっくりというほどではないが、とろけそうな甘いマスクをしていた。

ケムタクとは数年前の秋、名古屋のイベントに僕が呼ばれた時に出会った。そのイベントの主催はパルコが仕切っており、ケムタクはパルコでイベント関係のアルバイトをしていたのである。イベントはつつがなく終了し、打ち上げをした居酒屋で、たまたま僕のいたテーブルにケムタクもいたというわけだ。

ケムタクは何か喋るわけでもなく、ずっと、その甘いマスクでニコニコしながら話を聞いているだけだった。しばらくして、「最近の思い出深かったこと」みたいなテーマの話になり、僕はそれまで全然喋らないケムタクになんとなく話を振ってみた。するとケムタクはこう言う。

「この間、自転車で、鹿児島まで、花火を見に行きました」

その場にいた全員が一瞬黙り、すぐ「どこから？」と聞いた。

「岐阜からです」と、ケムタクは答える。

「なぜ岐阜？」

「家は、岐阜なんですけど、バイトで、名古屋に、来てるんです」

ケムタクは、文節を切るように、どこかたどたどしく喋る。それで一層、不思議な気分にさせられる。

「鹿児島まで何日かかるのか？」

「2週間、くらいで、着きました」

「鹿児島の花火が見たくて行ったのか？」

「キレイだと、聞いたから……」


みんなから、続けざまに質問が浴びせられる。誰かが、「そもそも、なんで自転車で行こうと思ったのか？」と聞いた。するとケムタクは、これ以上ないくらいのかわいい笑顔で、

「……わかりません」と答えた。


こっちも意味がわからなかった。意味はわからなかったが、そのフェイスがとびきりかわいかったことは確かだ。そのかわいさに、誰もがそれ以上の追及をやめた。

だが、それ以降、この場はケムタクを中心にまわりはじめた。「普段、家で何をし

ているのか?」と聞くと、

「お金を、作ってます」

思いっきり犯罪だが、彼の笑顔の前には、犬のおまわりさんも困ってしまうことだろう。よくよく聞いてみると、それは偽札ではなく、「子供たちの世界だけで使えるお金を考えて、それを作っている」のだという。

そして、自分の近くの皿に敷かれていた、大きなカエデの葉っぱを見つけると嬉しそうに取り出し、慌ててまわりの皿を見まわす。「……どうした?」と僕らが聞くのも無視し、やがてもう一枚のカエデの葉を見つけると、本当に嬉しそうに2枚のカエデを持ち、その葉っぱをパタパタと振りながら、またもとびっきりの笑顔で、

「……飛べます」

この男、僕と同い年である。当時は25歳だったが、それにしてもいい年した大人の、このピーターパンっぷりは問題だ。誰もが「コイツ、ホントにこんな人間なのか？」と思った。この、天然なのか、養殖なのかわからない発言の無軌道っぷりは、「変なヤツ」の演技なんじゃないのか。だが、そんな僕らの疑惑を、彼のあまりにピュアな笑顔は無効化する。それ以前に、会話の端々や表情からも、作為的なものは何も感じられなかった。

ひとしきりケムタクの不思議な言動を楽しんだ後、僕らは帰ることになった。一緒にタクシーに乗ろうとすると、ケムタクは「僕、初めて、乗ります」と言う。タクシーのドアが開くだけで「うわあ！」とビックリし、閉まるとまた「うわあ！」とビックリする。ペンギン村の住人か。

ケムタクはわざわざ名古屋駅まで見送りに来てくれ、「今度東京遊びに来なよ」と言うと、本当に嬉しそうな顔をした。新幹線が走りだすと、すぐにケムタクからの携帯メールが来る。「ありがとうございました」といったお礼かなと思い、早速メールを開いてみた。

「トイレにいた　おじさんに挨拶されました。楽器は　笛が吹けます　隣の人の服を借りたい　そう思っています」

なんだこれは。なんとか意味を見出そうと何度も読んだがわからなかった。さっきまでケムタクと会っていたことすら、何かの白昼夢なのではないかと錯覚してしまう。とにかく、わけのわからないヤツだった。

次にケムタクと会ったのは、12月も終わる頃だ。年末に吉祥寺でクラブイベントがあり、そこにケムタクを呼ぼうという企画が浮上したのだ。ケムタクに電話をすると、彼は快く応じてくれ、僕は「10時スタートだから、その頃に来てくれればいいから」と伝えた。

そして、イベント当日の朝、ケムタクから電話がかかってくる。

「今、吉祥寺に、着きました！」

寝起きだったのでよく理解が出来なかった。時計を見ると、朝の9時半。ケムタクはどうやら、朝と夜を間違えていたようだった。クラブイベントなのだから、朝ではないことぐらい考えればわかりそうなものだが、相手はケムタクである。ちゃんと説明しなかったこちらが悪いのだ。

仕方なく吉祥寺まで迎えに行くと、僕はさらに驚かされた。

ケムタクはボロボロの格好で、顔は真っ黒。そして、壊れかけの自転車にまたがっていたのだ。

「どういうことだ？」と思わず聞く。すると、ケムタクは突然顔を歪ませ、とても心苦しそうに告白しだした。

実は、最初に言った「自転車で鹿児島まで行った」というのは、自分に興味を持ってもらいたいために嘘をついてしまったのだという。彼はずっと良心の呵責《かしゃく》を感じていて、次に僕らに会う時に顔向けが出来ない。ならば、その自分の気持ちを少しでも軽くするためにも、僕らに胸を張って会うためにも、「岐阜県から自転車で東京まで来た」というのだ。

目に涙すら浮かべながら告白するケムタクに、僕は返す言葉がなかった。

「……誰もそんなこと、頼んでない」

正直、その気持ちだけでいっぱいだった。ケムタクの背負った、嘘という十字架。それは彼をずいぶんと苦しめたのかもしれないが、だからといって、一言謝ればいい話である。わざわざ岐阜からチャリで東京へ来る必要もないではないか。

しかし、この自転車の旅をしたことで、ケムタクの中で吹っ切れたものがあったのだろう。イベントも東京も楽しんでくれたようだった（帰りは普通に新幹線で帰った）。寝る場所がない、というので友達の家に泊まったのだが、友達曰く、体中がものすごく臭く（チャリで来たため）、風呂に入るとお湯が真っ黒に。そしてオバQかと思うほど飯を何杯も何杯も食べたという。そしてその夜、ケムタクは一人、星空を見ながら涙したという（なぜ？）。

それ以来、ケムタクとは会っていない。たまに友人との会話で「何してるかなあ？」という話題になる程度だった。

だが、5年も過ぎた頃、先輩のライターさんから電話がかかってきた。

「直角くん？　俺、名古屋にＤＪに来てるんだけど、今、パルコのスタッフと飯食ってて、一人何かすごい変わったヤツがいてさ。そいつがトイレ行った時、他の子に〝あの子、どういう子なの？〟って聞いたら、〝彼は、いつもパルコのまわりで野宿してるんです〟って言うから、〝もしかして⁉〟と思って……」

ケムタクのことだった。なぜ、野宿しているかはわからない。だが、5年経った今も、ケムタクはケムタクであることに変わりはなかった。

ケムタクはケムタクのまま、今もいることだろう。

プロデュースする男

「ライブゲスト：B'z、スティーヴィー・ワンダー」

僕の通っていた専門学校の文化祭。その前日くらいに、こんなチラシが校内の至るところに貼られていた。

もちろん、僕自身が書いて貼ったものである。今考えると、なぜそんな嘘をついたのかよくわからないが、イタズラ気分でこんなことをよくしていたのだ。

しかし、チラシの効果は絶大だった。「本当に文化祭に来るのか」「どうやってこんな小さな学校が呼べたのか」──「ずっと観たかったので、夢がかなった」などと問い合わせが殺到したのである。

冷静に考えてほしかった。そんな豪華な2組がまとめて学校の文化祭に来るわけがないじゃないか。確かに、「来る‼」「タダ‼」と僕も断言して書いてしまっているが、「何をそんな、期待しているのだ」「理解出来ないのが悪い」と、まわりの馬鹿さ加減に腹が立った。今考えると、ただの逆ギレである。だが当時は僕もヤンチャだった。「俺、パンクだから」とよくわからないプライドで、みんなの素直なリアクションに対し怒っていた。

しかし、その反響の大きさによって、「B'z、スティーヴィー・ワンダーライブ」は行わなくてはならない雰囲気になっている。僕は慌てて友人を集め、なんとか実現出来る手だてはないものかと、打ち合わせを行った。

そして迎えた文化祭当日。ライブ会場となる大きめの教室に、机を集めてステージを作る。客席には期待ゆえ、たくさんの人が集まっていた。そして、ステージの上に現れたのは、同級生の姿だ。

「どーもー！　B’zでーす！」

ロン毛にギター、ショートヘアに短パンという格好をした同級生2人が、堂々と言い切る。そして、ステージの横に置かれたラジカセから、『愛のままにわがままに僕は君だけを傷つけない』の曲がかかりだす。

しんとする観客の前で、ノリノリで歌いだすB’z。ゴロゴロとステージを転がり、変な顔やアクションをとる。

ただの、カラオケショーである。

最初は呆然としていた客席だったが、「なんだ、そういうことだったのか」と、B’zのコミカルなパフォーマンスに対し、次第に笑い声が聞こえ、ノリだした。B’zも、客席の反応を見て、よりパフォーマンスをヒートアップさせていく。いつしか、客席とステージは一つになっていった。

ここまでなら、いい思い出である。しかし、それだけでB'zのパフォーマンスは終わらなかった。

ステージ裏からバケツを取り出し、その中にぎっしりと詰まった生魚を、客席に向かって投げつけだしたのだ。

もちろん、僕が「やろう」と言いだしたことだ。今考えると、なぜそんなことをしようと思ったのかわからない。それ以前のパフォーマンスで終わらせておけば、客席も盛り上がったまま、みんなが幸福な気持ちで済んだはず。それを、当時の僕の反骨精神ゆえか、

「そんな、良い気分で客を帰らせてたまるか！」

と思ったのである。ぶつけるように生魚を投げつけてくるB'z。異常な生臭さが教室中に蔓延《まんえん》し、客席からは悲鳴、怒号、涙……。逃げまどう生徒に、飛び交う生魚。

教室は阿鼻叫喚《あびきょうかん》の様相を呈した。

そして、グシャグシャになったステージと、魚の臭いが充満する教室に登場したのはスティーヴィー・ワンダーだ。

もちろん同級生がドレッドのヅラを被《かぶ》り、サングラスをかけただけである。再びカラオケから『サンシャイン』が流れる。

しかし、スティーヴィー・ワンダーには一つ問題があった。スティーヴィーを演じる同級生は、ただ単に「顔が似ている」というだけで、B’zの2人のように何かの芸やパフォーマンスが出来るというわけではない。人前で面白おかしいことをやるタイプじゃなかった。いわば、彼の初めての大舞台だ。

なので彼はガチガチに緊張し、アクションも小さく、声も出ていないという、寒々しいステージになった。B’zのパフォーマンスの後でも残ってくれていた10人程度の客も、明らかにテンションが下がっていくのがわかる。

「直角くん、どうしよう？」

不安気な顔で僕の方を見るスティーヴィー・ワンダー。そこで僕は、アルコール純度90パーセントの「スピリタス」というお酒をステージに置いた。

「もし、どうしようもなくなったと思ったら、火を吹けばいい！　間が持つから！」

と事前にアドバイスしていたのである。

スティーヴィーは慌てて酒を取り、口に含み、ライターの火に向かって酒を噴いた。

客席から「おおー！」というどよめきが起こる。


しかし、火吹きは失敗した。

こういったパフォーマンスは落ち着いて行うことが何より大事なのだ。緊張と動揺しきった彼は、そこから何度となく火吹きを試みる。

だが、一度も成功しない。最初は期待感の高まっていた客席の空気も、さらに冷えていくのがわかった。

「直角くん、どうしよう？」

再び不安気に、しかも泣きそうな顔で僕を見るスティーヴィー・ワンダー。僕も、この空気をなんとか建て直さなくてはいけないと思ったが、もうこの場でやることはない。

「もう1回火吹きをしよう」と合図した。コクリと頷くスティーヴィー。

そして、ついに火吹きは成功した。客席にどよめきと拍手が起きた。「やった！」と誰もが思った、直後である。

数度の火吹きの失敗で、顔中にアルコールが付着していたスティーヴィーは、火を吹いたのと同時に顔がボッと青白い炎に包まれたのである。

「ギャアアアアアアア!!!」「幕、幕――ッ!!!」

慌てて幕をしめ、みんなでスティーヴィーの顔についた火を消す。スティーヴィー自身も、手で顔をパンパンと叩き消そうとするのだが、手にもたっぷりとアルコールがついているため、手や服にも引火し、火だるま寸前。大急ぎでペットボトルのお茶やジュースなど、水気のあるものをすべてスティーヴィーにぶっかけ、ようやく鎮火すると、大変だと思った客の一人が呼んでくれた救急車のサイレン。

文化祭はそれで中止となってしまった。

もちろん主犯が僕なので、担任の先生から校長先生まで、学校中からこっぴどく怒られた。

やがて、スティーヴィーは顔中包帯と絆創膏だらけで病院から戻ってきた。「全治2週間」と診断されたそうだ。やったことないくせに火吹きなどするものではない。

僕はスティーヴィーに殴られるのを覚悟していたが、スティーヴィーは僕に向かって、

「なぁ、俺、オイシかったやろ！」と笑った。スティーヴィー・ワンダーそっくりの、あの笑顔だった。

もう学校を卒業して20年ほど経つが、今でもあの時のことを思うと胸が痛む。急に思い出して、一人で「ああ！　ゴメンゴメン‼　マジごめん‼!」と叫んだり。

学校を卒業して、スティーヴィーとも次第に会わなくなった。実家の宮崎に帰ったと聞いていたが、最近、スティーヴィーから手紙が届いた。

「結婚します」という報告だった。そして、その横には、彼の手書きでこうあった。

「披露宴で火を吹こうと思います！」

……いろんな意味で、僕は結婚式が成功することを祈った。

M. O. T. O.

彼は、佐野元春こそが、人生でもっとも勇気を与えてくれた存在だという。自分の人生の岐路には、必ずMOTO（佐野元春）の存在があったというのだ。

音楽はもちろん、決定的だったのは佐野元春の雑誌『This』を初めて見た時だ。そこで見た、当時はまだ新人だったヒロミックスやホンマタカシ、藤代冥砂といったカメラマンたちによる写真。それを見て、「将来、カメラマンになろう」と決意した。カメラマンになって、MOTOを撮りたい。カメラマンになれば、MOTOに会える。一緒に仕事が出来る。それは自分の人生の喜びであり、大きな目標だ。そう思った。

カメラマンを目指して、カメラ・アシスタントとなって勉強をしている頃のことだ。彼は大恋愛をした。友達のパーティで知り合った、同い年の女性だった。彼はその子を溺《おぼ》れるように愛した。彼女もまた、彼を愛してくれた。すぐに二人は一緒に暮らしだす。彼女は自分の撮る写真を好きになってくれて、佐野元春の音楽も好きになってくれた。彼は、それがとても嬉しかった。彼女にも、MOTOにも感謝した。こんな幸せを、僕にくれてありがとう。

しかし、その幸せは、長くは続かなかった。

自分が愛したほど、彼女は自分を愛してはくれなかったのだ。徐々に気持ちがすれ違っていくのが手に取るようにわかる。彼女の笑顔を見ることは少なくなり、今日あったできごとを喋ることすら、ためらいを感じるようになった。何気ない会話の返事だけでも、彼女の気持ちが冷えているのを感じてしまう。その瞬間の連続が、毎日を辛いものにさせていった。

ほどなくして、お互いの感情をぶつけ合い、とうとう二人に決定的な瞬間が訪れた。その時の状況、そこからしばらく先のことは、あまり覚えていない。思い出せるのは、昨日までとは全然ちがう薄暗い部屋。冷えきった食べかけのコンビニ弁当。彼女が飲み残しのまま置いていった、炭酸の抜けきったペリエのボトル。すべてが彼の目には色彩なく映った。なぜか捨てることが出来ず、何日も放っておいた。

それから2年間も、彼はほとんど抜け殻のように過ごしていたという。

カメラマンになるための勉強も、写真を撮ること自体への情熱も、すべてが虚《むな》しくなってしまった。何もする気が起きず、何もかもがどうでもいいと思えてしまう。カラオケボックスのアルバイトをして、食事をして、酒を呑み、寝る。そんな日々を過ごすだけだった。

ある時、何気なく渋谷のＨＭＶに入る。イベントブースに人だかりが見えた。ＤＪのピストン西沢が、誰かゲストと喋っている。ラジオの収録のようだ。しかし、自分にはどうでもいい。適当にＵＫロックのシングルをめくって、店を出ようと思った。その時である。

「そうだね」

幾度となく、ラジオやテレビで聞いてきた、独特の頷き方。その優しくて、テンションの低い声がブースの方から聞こえる。ハッとして、ブースへ駆け出していった。

そこにいたのは、佐野元春だった。

こんなに近い距離で、ＭＯＴＯを見るのは初めてだ。ラッキーだ、と思ったのも束《つか》の間、ピストン西沢の番組は終わってしまった。MOTOは退席してしまう。タイミングが良いのか悪いのか。彼はひどく落胆した。

ブースから出て来たMOTOを、ファンたちが囲む。俯きながら、MOTOは少し駆け足でその場から離れようとしていた。その姿を、彼はボンヤリと見つめているだけだった。

しかし、MOTOは、なぜか突然、彼の前で足を止めた。

そして、彼を見つめたあと、急に手を差し出したのだ。

「奇跡」というのは、こういうことを言うのだろう。だが、そんな「奇跡」を実感する間もなく、反射的に自分も手を出した。

MOTOは、黙って握手をしてくれた。サングラスをかけていたから、表情はいまいちわからない。だが、MOTOは彼に向かって力強く頷き、その場から立ち去った。

信じられない。あの佐野元春が、自分と握手してくれた。何を思って突然足を止めてくれたのかはわからない。隣にいた、佐野元春ファンの人が声をかけてくる。「すごい、ラッキーですね！」。そうだ、数十人もいたギャラリーの中で、MOTOが握手してくれたのは、自分だけだったのだ。

自然と涙が溢《あふ》れてくる。もう、何度目なんだろう。どん底にいた自分に、MOTOは再び、生きる勇気を与えてくれた。

それから時は過ぎ、彼はカメラマンになった。まだ若手ながら、その才能を認められ、多くの雑誌で仕事をしている。日本を代表するアスリートや、誰もが知っている女優やアイドル。勢いのあるロックバンドから前衛のアーティストまで。海外でも飛びまわって、多くの著名人を撮り続けている。

だが、未《いま》だに、MOTOは撮っていない。

「今の自分じゃあ、あの人を撮るにはまだ早いっス」

そう言って、彼は照れるのだ。

これは昨日の飲み会で聞いた話だ。僕も含め、その場にいた全員が「すごい話だねえ！」と感動した。「でも、もう撮ってもいいんじゃない？」「そうだよ、その時握手したことも、もしかしたら覚えてるかもしれないよ」「それで、またさらに勇気をもらえるかもしれないじゃん！」。みんなが口々に言う。

しかし、彼はあくまで「ダメダメ。ダメっス」と拒んだ。理由を聞くと、自分には今、カメラマンとして致命的な欠点があるのだ、という。

「アイドル撮ってると、すぐにムラムラしちゃうんス。股間もすぐにヤバくなっちゃって……。写真撮るどころじゃなくなっちゃうからすごい悩んでて……」

……全員が呆れるほど唐突な下ネタで、この話は終わってしまった。

悪口を言わない男

中目黒の、とあるラーメン屋に行った時のことだ。

その店はラーメン屋というよりもダイニングバーに近い。カウンターよりもテーブル席が多く、焼酎や日本酒、フードのメニューも充実している。いかにも最近の中目黒らしい、小洒落た雰囲気のお店だ。あまりそういうお店には近づきたくないタイプだが、ラーメンが美味《おい》しいと聞いたので1回食べてみようと思ったのである。

僕がカウンターに座ると、隣の席には男が2人、非常にエキサイトしながら話していた。

「だからぁ、人の悪口は言わないんスよ、俺は！」

ロングヘアに眼鏡の若い男が、熱っぽく語る。それを聞いている、『北の国から』の純をもっと老けさせたようなタイプの男は、「うんうん」と頷いている。どうもこの男は、先輩っぽい。

「あの場で！　あの流れで！　人の悪口ばっか言ってるじゃん、マリエは！　人の悪口しか言えねえのかよって俺は思うんスよ！」

ロン毛の男はよほど「マリエ」のことを腹に据えかねているようで、ずっと怒っている。ロン毛の興奮ぶりに対し、純の方はあくまでクール。決して口数は多くないが、的確な返事をする。

「いくら飲み会でも、人の悪口ばかりで盛り上がるってのは、あんまり気分良くないよネ」

そういう純に、ロン毛は「そう！」と強く頷き、

「そうなんスよ！　悪口ばっか言ってもしょうがないじゃん！　俺は言わないスよ？　だってさ、言う方は楽しいかもしんないよ？　悪口ばっかでも！　でも聞かされる方はどうよ、ってことでしょ？……いや〜、やっぱわかってるね、●●さんは！」

ロン毛はそう言って、唐突に純に握手を求めた。

（ウ、ウザ〜……）

その日、原稿書きで少し疲れていた僕には、ロン毛のテンションが少し鬱陶しかった。さらに、こういう「小刻みにやたらと握手を求めてくる人」があまり得意ではない。この手のタイプは、「5月生まれ」「妹がいる」「くせ毛」といったことでも、「仲間！」って感じで握手を求めてきたりするからだ。なんでもいいんじゃないか、それ。

「ああいうタイプは、悪口がコミュニケーションだと思ってるんだな、アレは！」

ロン毛は続ける。まだこの話で引っ張るつもりらしい。だが、テンションはちょっとおかしな方向に進みだす。

「マリエは、そういう人の悪いところばっか探してるんスよ！　自分は仕事も出来ねえくせに！」

「そもそも、最初からアイツ、感じ悪かったんだよなあ。生理的に合わねえんだよな、俺」

「ブサイクだしさあ」

（思いっきり悪口じゃないのか、それも……）

ロン毛は収まりがつかないのだろう、マリエのことをこれでもかとダメ出しする。横で、まったく関係ないのに聞こえてくる僕も気分が悪い。せっかくのラーメンも不味《まず》く感じて、本来の味がわからない。

一方、純の方はどうなのだろうか。純だって、こんな話は楽しくないハズだ。それに、エキサイトするロン毛を諌《いさ》めることが出来るのは純しかいない。せっかくの週末の夜である。もっと楽しい話をしてほしい。

しかし純は、僕の想像を超える諌め方を、ロン毛にしだしたのである。

「君には、日本は狭すぎるんだよ」

いきなりのグローバル発言。どこからの世界基準が持ち出されたのか、僕にはわからなかった。「そこ行く⁉」と僕は思ったが、

「そっ！　俺も、そう思ってたんスよ‼」

通じていた。「我が意を得たり」とばかりの嬉しそうな表情をするロン毛が再び握手を求める。そしてグイッと酒を飲み、しみじみと言いだした。

「俺、思うんスよ。いつまでもココでくすぶってちゃいられねえな、って。やっぱ日本人って、俺には合わない」

熱いロン毛の、あまりにも一方的な語り。それでも、純は頷くばかり。

（しかし、これはこれで作戦成功？）と僕は思った。

かなり強引な力業《ちからわざ》だったが、マリエに対する悪口はスライドされたからである。誉めてあげて、やり過ごす。純はなかなか策士である。

だが、ロン毛はかなり気分が良くなった。良くなりすぎてしまった。

「やっぱ、アメリカ人ってなんでも本音で語り合うじゃないスか。俺も同じで。シンパシー感じてるんスよね」

「俺、いつか、こんな日本飛び出してやるって思ってますよ！　それが原動力ッス」

……話はもっとウザい方向に行った気がする。しかし純は「君をずっと見てると、そんな感じがするんだ」と煽《あお》る。ますます嬉しそうな表情になるロン毛。

「ヤッベ、マジ、ヤッベ。俺、●●さんに出会えたことぐらいっスよ。日本に生まれて良かったことって！」

ロン毛なりの賛辞。あまり嬉しいと感じられない気がする評価を受けた純。すると、純は、相変わらず笑顔で頷きながら、こう言った。

「……会社、辞めてくれないか」

え!!? 僕はいきなりの純の発言に驚いた。とんでもないボールを投げてきた純の顔を思わず見てしまった。すると、純もチラッと僕の方を見返したので、聞いていることを悟られないように、必死で動揺を隠した。

しかしもっと動揺しているのはロン毛の方である。純は畳み掛けるように、会社の状況や、人員削減について、退職金についての話をしだす。ロン毛の持つグラスがプルプルと震えている。さっきまでのテンションが嘘のように静かになるロン毛。ウザい話が、いつの間にか、とてつもなく哀《かな》しい話になっている。なんだ、この状況は⁉

だが、ロン毛よ。大丈夫だ。言ってたじゃないか。君には日本は狭すぎたんだよ。会社をクビになっても、アメリカのでっかい空と大地が待っているよ！　また会おう！　そう、僕は心の中で握手を求めた。

しかし、この鉛のような空気に、正直耐えられなかった。「もう店、出よう」と思った僕は、店員さんを呼び、お勘定を促す。店員は「ありがとうございましたー！」と言い、奥の方に戻りがてら、ロン毛と純の方を向いて、言った。

「いや〜、お客さんたち、さっきから仲良いですよねえ！」

（バ、バカ！　このタイミングでなんちゅうこと言うんだ‼）。僕は心の中で思わず店員にツッコんだ。店員は、熱い話をしている時の段階しか見ていなかったから、そう言ったのだろう。直後のあの、超絶鬱展開を知らないに違いない。空気読んでよ！店員‼

すると、純が笑顔で即答する。

「いやあ、仲良くないですよ、全然」

………お、お、大人って怖ェ〜〜〜〜‼

見栄を張る男

「セレクロ」という、ユニクロと雑誌『リラックス』による期間限定ショップのオープニング・パーティがあるというので、顔を出した。会場は青山にあるギャラリー・スペースで行われ、ユニクロの社長さんから社員の方々、著名人に至るまで多くの人が集まり賑《にぎ》わっていた。僕も仕事が残っているのにビールをもらって、結構な量を飲んでいた。

パーティもおおいに盛り上がったまま終了して、僕も帰ろうとしたが、その前に用を足したくなった。ギャラリーのトイレは元々、会場である2階にあるのだが、今回は展示の都合もあるのか、一度、外に出て1階に降り、裏からまわって階段を上らなくてはいけない。面倒くさいがしょうがない、と外に出ると、たまたま外国人（アメリカ人と思われる）のおばさん二人が「エクスキュウズ・ミィ」と話しかけてきた。

僕は、英語がまったく出来ない。出来ないのに、その外国人のおばさんが「キャン・ユー・スピーク・イングリッシュ？」と聞いてきて、なぜか「オフコース」と答えてしまった。見栄を張りたかったのかもしれない。「僕は意外と出来る男だ」、または「もう戦後は終わったのだ」。そんなアピールをしてみたくなったのかもしれない。おばさんはホッとした表情を浮かべ、早口の英語でまくし立てた。

僕はそれを聞き、自信満々に「オーケー！」と答えた。急激に僕の中の何かが目覚めたのか、おばさんたちが「とある居酒屋に行きたいのだ」ということがハッキリとわかったからだ。その裏付けとして、おばさんたちは僕に居酒屋のショップカードを差し出し、そのカードの裏に描かれている店の地図を一生懸命指さしていたのだから。幸い、その居酒屋の場所は僕も知っている。僕は居酒屋の場所を説明しようとしたが、そこであるショッキングな事実に気づいた。

英語で説明が出来ない。

これには自分でも驚いた。言葉が出てこないのだ。「この道をまっすぐ行き、青山通りに出たら右に曲がり、花屋の角を右に曲がったところです」。これを英語で表現するには、僕のボキャブラリィでは不可能のようだ。しかし僕は、おばさんたちに「オーケー」と答えてしまっている。その期待を裏切ることは出来ない。必死で中学時代を思い出す。「主語＋述語、S＋V＋O＋C……」。だが、中学時代を思い出す前に、僕はまた別の、重要なことを思い出した。

オシッコがもれそうだ。

二重苦とはこのことである。外国人のおばさんが今か今かと僕の答えを待っている。しかし尿意は僕の膀胱《ぼうこう》のドアをノックする。どうする。僕、どうする……。その時だった。

「どうしたんですか？」

見知らぬ若い女の子が、僕に話しかけてきた。「私、ギャラリーのスタッフです。道案内なら任せてください！」と、彼女はおばさんたちに英語で話しはじめた。おばさんたちは「サンキュー」と彼女にお礼を言い、僕には一瞥《いちべつ》もくれず、去っていった。でも、結果オーライ。おばさんたちが居酒屋に辿り着けることが何よりも大事なことだからだ。僕はこのピンチを救ってくれた彼女に「ありがとう」と言うと、彼女はすごく嬉しそうな顔をして、僕にこう言った。

「タナカノリユキさんですよね！　お会いできて感激です！」

「うん。こちらこそ」と答えた後、僕は「自分がタナカノリユキさんではない」ことに気づいた。見栄を張りたかったのかもしれない。タナカノリユキさんは、ユニクロのCMなどを手がけているアーティストである。確かに、今日のパーティにもタナカさんは来ていた。だから、ある意味、「僕もタナカノリユキさん関係である」という気持ちがあったのかもしれない。彼女は感激して、「お名刺を交換させていただいてもよろしいですか!?」と聞いてくる。反射的に名刺入れを出した時、僕はハッと、「僕がタナカノリユキさんではないことがバレてしまう」と思った。彼女はもう、自分の名刺を出し、僕の名刺を受け取ろうと待っている。彼女の期待を裏切るのもイヤだ。だが、バラさないままでは、「本物のタナカノリユキさん」に迷惑がかかってしまう。というか、僕は別に、「偽物のタナカノリユキさん」というキャラクターではなかったハズだ。どうしてこうなってしまったんだろう。いつから僕は、こんなに重い十字架を背負わされたのだろう。どうする。僕、どうする……。あ、オシッコ出ちゃった……。

誕生日会に出る男

誕生日パーティに誘われた。友人のファッション・エディター、T君と、スタイリストのKさんの合同パーティで、代々木上原の小さなバーを借り切って行うのだという。「来るだけでいいから！」と言われたが、そうもいくまい。何か気の利いたプレゼントを探さなくては……と思った。

そして誕生日当日。僕はプレゼントを買いに、中野ブロードウェイに来た。「プレゼントにブロードウェイ？」と、意外に思う方もいるかもしれない。だが、中野ブロードウェイの中はマンガやアニメグッズばかりではない。アメリカン・アンティークの雑貨やファイヤーキングのマグカップを扱うお店もあるし、フランスのポスターやポストカードを扱うお店もある。海外や国内のビンテージ絵本やイラスト本を置いているお店だってあるし、古着屋も時計屋もある。少し気の利いたモノを買うのに困らないのだ。ましてや、相手はファッション・エディターとスタイリストである。代官山や青山の洋服屋で何か買おうというのは、僕にはハードルが高いし、相手が喜ぶものを選ぶ自信もない。

3時間後、満足げに買い物を済ませ、中野ブロードウェイを出た僕の両手には、これだ。

「志村けんのライト」と、「バカ殿ダンシングドール」。

中野駅の前で、品物を見て一気に我に返り、青ざめる。なんだ、これは⁉　いや、志村風に言えば「なんだチミは⁉」か。ファッション・エディターとスタイリストへの誕生日プレゼントを買いに来たんじゃなかったのか⁉　ライトは高さ20センチほど、ダンシングドールは高さ40センチほどもある、ムダにでかくて場所を取る、存在感バツグンの一品である。というか、志村の立体モノでこんなに大きいのはレア。「これはスゴイ！　しかも安い！」と、即購入してしまったのだ。渡す相手のことをまったく考えずに。

「これだけじゃマズイだろうな……」。さすがに僕もそう思った。慌てて中野ブロードウェイに引き返し、何か探す。しかし、パーティまでもう時間がない。刻々と時間が過ぎ、焦る中、近くのショーケースにキラリと光る小物が見える。「赤ずきんチャチャ」のネックレスとペンダントだった。

……今考えると、相当に血迷っていたのだろう。「ファッション系の人だからアクセサリーでいいじゃん」などとよくわからない理論で、二人分を即購入。大急ぎで家に帰る。ＩＫＥＡの未使用の紙袋が二つあったので、それに志村のライトとアクセサリー、ダンシングドールとアクセサリーに分けて入れ、セロハンテープで留めた。するとどうだろう。まるで北欧のシンプルなデザインの雑貨が入っているような雰囲気である。これで準備万端。僕は意気揚々とパーティ会場に出向いた。

会場には多くの人たちが来ていたが、ファッション関係の人ばかりで、ほとんど知らない人だけ、というアウェイな状況だった。T君とKさんが挨拶した後、プレゼントタイムになる。僕は大きなＩＫＥＡの紙袋を渡した。

二人が笑顔で、僕のプレゼントを開ける。

……その直後に流れた、ひどく寒々とした空気を、僕はもう思い出したくない。会場にいた、僕のことなんて全然知らない人たちが向けるであろう、僕への視線。僕に対するイメージ。それが何かだけはヒシヒシと伝わってきた。

「変なおじさん」

「麗郷」にいた女

僕は、村上春樹を一度も読んだことがない。何も知らないままなのもアレなので、春樹好きの知人にその魅力を訊くと、「自分のイメージにある『東京の男の生活（パスタを茹《ゆ》でる、ジャズを聴く、バーに行く、簡単に女を抱ける）』が描かれていて、憧れる」という。「あと、個性的な女性と綺麗《きれい》な女性、なぜか両方にモテるのも良い」とか。それを聞いて僕は、渋谷の「麗郷《れいきょう》」という台湾料理屋で相席になった女性連れのことを思い出した。

「麗郷」は大きめの円卓が並ぶ広い店で、夜は満席の店ばかりの渋谷でも、大抵スムーズに入れるので重宝している。何より美味しいし、気取らず入れるのも良い。

パクチーと紅ショウガの載ったピータン、腸詰めとシジミのニンニク炒めといったメニューを機嫌良く食べていると、僕と友人のテーブルに、相席でカップルが座った。

一人は、ストライプのシャツにコットンパンツの、特にコレといった特徴もない40過ぎの男。

そして女性は、

映画『黄金の七人』みたいな格好だった。

正直、「不思議なカップルだな」と思った。あきらかに男とのファッションのバランスがおかしいいし、胸元が大きくはだけている女のドレッシィな格好は、「麗郷」の客の注目を集めるに充分だった。見れば、女は20代半ばのようだ。気合い入れすぎてしまったのだろうか？　この40過ぎの男とは、どういう関係なんだろう？

瓶ビールが運ばれてきて、乾杯する時に、カップルは「はじめまして～」と言った。あ、初対面なのか。オフ会か何かか？　それなら女が気合い入れるのもわかる、などと僕は想像した。男は緊張してるのか、おとなしめの性格なのか、口数が少ない。女の方がよく喋る。かなり蓮っ葉な喋り方だ。


「あたい、『歌舞伎町の女王』の頃の椎名林檎に憧れてンの」。

なるほど。『黄金の七人』ではなく、椎名林檎だったか。確かに蓮っ葉な感じが、「新宿系自作自演屋」な頃の椎名林檎の雰囲気っぽい。すると突然、女が「見る？」と、カバンから大学ノートを取り出した。そのノートの表紙には大きく毛筆で、

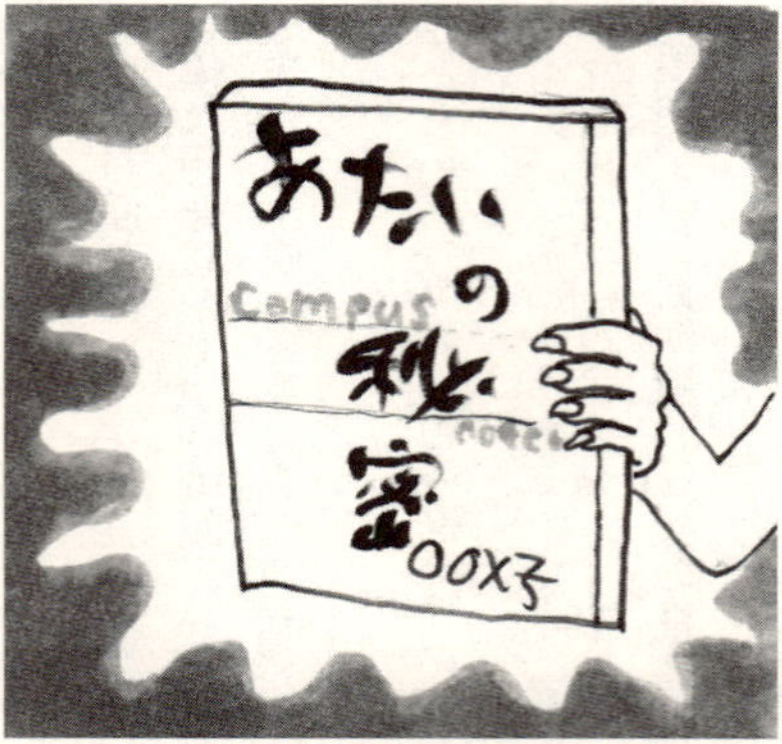

「あたいの秘密」と書かれている。

僕も「うわ、超読みてぇ〜！」と思った。男がノートを開いて、無言になる。僕はガマン出来ず、トイレに行くフリをして席を立ち、回り込むようにしてそのノートを覗《のぞ》いた。そしたら、

アソコのドアップ!!!　しかも鉛筆描きのデッサンで!!!
ひ、秘密って、そのまんまじゃねえか!!　と僕は心の中でツッコんだが、男はしばらく黙ったあと、女性に、

「……性器だね」

さらにそのまんまな返しをして、二人でお店を出て行った。

僕は、これが村上春樹的な世界か！　と思うのだ（絶対違う！）。

運

自分はあまり、運が悪い人間だとは思っていない。運のせいにすれば大抵の問題はごまかせてしまうからだ。何かイヤなことがあったり、うまくいかなかったりした時に、「運が悪かった」と思って切り替えるのはポジティブかもしれないが、客観的な判断や根本的な原因を見誤ってしまう場合もある。何がダメだったのかを考えないと、次も「運」という、自分ではどうしようもないことに闇雲に挑まなくてはいけない。

「あとは運に任せます」というフレーズもよく聞くが、それは最後の最後まで考え、突き詰め、実行した先にある話であって、それでもうまくいかなかった場合、それも「最後の最後まで」は、突き詰めてなかったかもしれない。そう考えていくと、運とはいったい何か、という問題にもなってくる。運が良いとか悪いとか、信じるとか信じないとか、そういうものじゃないのではないかとすら思えてくる。

それにしても、だ。

僕は「ごはん屋で、自分の注文した品だけ来ない」率が異常に高い。注文しても、いっこうに自分のだけ来ず、「●●が来てないんですけど……」と店員さんに言っても、それでも忘れられたりすることはしょっちゅう。厨房の方をのぞいて、（ああ、完全に洗い物してるなあ……）（楽しそうに雑談してるなあ……）などと何度思ったことか。メインのもの以外でも、付け合わせのパンだとかみそ汁だとかを含めると、月に2～3度は必ず忘れられている。腹が減っているから、その怒りやストレスは尋常ではない。

入ったことのない店に入る時が一番危険で、3回に1回は「注文した品が来ない店」とぶち当たる。だから、美味しいとか不味いよりも、「注文通りに来ること」が僕にとっての「良い店」であり、そうすると必然的に「ちゃんと注文通り来る店」か、「僕以外、客がいない店」を選ぶことになり、そんな店、味はどうなの？　って話になり、「家から出ない方がいい」ってことになる。なんということだ。

ただ、自分一人で入る分にはまだいいが、編集さんと仕事終わりに「メシでも」的な場合など、他人と一緒の時が困る。相手に迷惑をかけてしまうからだ。

昨年、ブルボン小林さんとライターの門倉紫麻さん、『W0B0R0』というインディーマガジンを製作している渡邉佳純さんと、銀座の老舗《しにせ》の洋食屋さんで食事する機会をいただいた時も、やっぱり僕のだけ料理が来ず、気を遣わせたくなかったので「あ、いつものことなんです……」と言ったら、余計ミジメな感じに見えたらしく、渡邉さんが「私のを食べててください！」と言って、厨房の方に駆け出していかれて、申し訳なく思った。

数年前、友人3人が誕生日パーティをしてくれた時も、そもそも僕なんかにパーティをやってくれること自体が嬉しくて舞い上がってしまい、店員さんが来て「そろそろ閉店なので……」と言われてもかまわずベラッベラ喋っていたのだが、友人たちの反応がどんどんソワソワしてくる。うわの空感がハンパない。友人の一人がシビレを切らしたようにダッシュで厨房に走っていくと、店員さんが慌ててローソクに火の点《つ》いたケーキを持ってきた。サプライズすら忘れられていたのだ。もう店内は閉店のため照明を落としていて、他のテーブルはぜんぶ椅子を上げた状態で、別の店員さんが掃除をしている中、友人たちが微妙な表情で「ハッピーバースデー」を歌ってくれた。

それ以降、みんな気まずそうだった。

だが、人間は環境に適応出来る生物のようで、僕自身、もう「頼んでも来ない」ことに慣れてしまっている。1時間くらい来なくてもそんなにストレスを感じなくなったし、店員さんに怒ることもない。モナリザのような微笑みで「レバニラ炒め、来ないのですけど」と言えるようになった。

自分は、運が悪い人間だとは思っていない。

先週、webマガジン『フイナム』の小牟田編集長と編集の南さんの3人で、渋谷ヒカリエのカフェで昼飯を食べた時、食後のコーヒーが二つしか来ず、小牟田さんのだけ来なくて、店員さんに言っても1回では来ず、2回言ってようやくコーヒーが来た。小牟田さんは「あの店員、仕事出来ないんだろうな」とちょっと苛立っていて、僕も「ホントですよねえ〜」なんて平然と言っていたが、アレはたぶん、僕のコーヒーだったのだ。二つコーヒーが来た時に、僕がすばやく自分の分を奪い取ったので、小牟田さんがワリを食っただけである。ごめんなさい！

JDS

18〜19歳の頃の話。

高校を卒業した後、専門学校に行くまで、1年間ブラブラと何もせずに過ごしていた。

自分が何をやりたいのかよくわかってなかったし、親父は僕のことを色々と言うので、とりあえずバイトをはじめた。地元の電器屋で、中古のゲームとCDも扱っているところだった。

そこにMさん、という女の人がいた。

同じくバイトで、23歳くらいだったと思う。元ヤンっぽく、派手な顔立ちで、化粧が濃かった。いつもブリーチした髪をいじっているし、大口を開けてガハハと笑うので、当時の僕は下品だな、と心の中でバカにしていた。だが、バイト先では一番「女」を感じさせる人だった。ノースリーブの服をよく着ていて、脇の下から黒いブラジャーがチラッと見える。伝わるかわからないが、当時は「黒いブラジャー＝淫乱」みたいなイメージがあったのだ。バイト仲間でコソコソ、「今日、何色？」と聞き合うのが習慣だった。

バイトをはじめて数ヵ月経ったある時、休憩時間に事務所に入った。事務所はお店のはなれにある掘建て小屋みたいなところだ。外の自販機で缶コーヒーを買い、タバコとライターをポケットから取り出しながら事務所に入ると、Mさんが一人で本を読んでいる。

「あれ、今日シフトでしたっけ？」

「ううん、ちょっと用事があって。渋谷くんは休憩？」

「はい」

よく考えるとMさんと二人で話すのは初めてで、そう思うと緊張してくる。

「何読んでるんですか」と聞くと、Mさんは黙って書店のカバーを外して本の表紙を見せてくれた。

「あ、『ライ麦畑でつかまえて』……」

「読んだ？」

「いいえ。面白いですか？」

「うーん、わかんない」

僕はMさんのことをバカだと思っていたので、サリンジャー読むんだ、と意外に思った。でも「わかんない」という答えにちょっと安心した。

「渋谷くんは本好きそうだよね」

「え……、いや、どうかな」

「何読むの？」

ちょうどその時、ヘッセの何かの文庫本を読んでたので、「ヘッセです」と言うと、Mさんはふっ、と笑った。どういう笑いだったかはわからない。でも、ヘッセと言ったら笑われた、しかもバカだと思ってたMさんに……、と思うとすごく焦った。

「彼氏とかいるんですか」

「えーっ⁉」。Mさんは突然大声を出す。これ以上、本の話をするのが恥ずかしかったので話を逸らしたのだが、唐突すぎたのかもしれない。

「なんで？」

「いや別に」

Mさんはタバコをくわえて火をつける。その仕草もオヤジっぽくて、下品だった。

「いないよー。渋谷くんは彼女いるの？」。ふはーっと煙を吐き出して僕に訊く。

「彼女いないです」

「え、童貞？」

ホントに下品な人だった。

「いやー、童貞っす」。ふざけた感じで返すのが、チンケだけど、僕のプライドだったんだろうなと今では思う。童貞が「童貞？」と訊かれた時、そうだと答えるのは相当の覚悟がいるのだ。プライドを変にこじらせてるから童貞なのだ。このまま永遠に女の体を知らないかもしれないという不安とコンプレックスが、プライドをますます歪《いびつ》に固めていく。早々に童貞を捨てたヤツにはわからないだろう。ましてや女性にはわかるまい。いや、処女の人も同じなのか？　どちらにしても、こっちにとっては超デリケートな問題だ。それを、何も考えずにズケズケと聞いてくるMさんの次の言葉を、僕は怖れた。だが、次のMさんの言葉は僕の想像を超えていた。

「今度セックスしようか」

Mさんはあっけらかんと言った。無表情というか、ぼんやりした目で僕を見た。僕はすごく驚いたし、興奮した。「黒ブラ＝淫乱」説は本当だったんだと思った。鈴木保奈美が言うならドラマだが、元ヤンのMさんが言うと完全に劇画系エロマンガだ。

「あ、あ、お、お願いしまっす！」と、僕はまたふざけた感じで答えた。そこもプライドが邪魔した。とはいえ、結局これだ。どんなにMさんを心の中でバカにしてようと、エロマンガ的な展開が起きただけで完全にコロッと落ちてしまう。どんなに理論武装しようと、サブカルチャーの知識をつけてようと、セックスしてるヤツの方がはるかに偉い。でもそういうヤツは大嫌いでもある。だからどうしていいかわからず、時が過ぎてゆく。ねじれまくった価値観で、10代の男は生きている。20代も。

Mさんは僕の言葉に答えずに、また黙ってタバコを吸った。

その後、僕はもう1本タバコを吸った。会話はもうなくて、秒針の音だけが響いていた。僕が「そろそろ、仕事戻ります」とエプロンをつけて、事務所を出ようとすると、Mさんがドアの前で近づいてきた。

Mさんは黙って僕を見つめている。ものすごくドキドキした。

しばらくして、「トイレ行く?」とMさんは聞いた。

今なら、それがどういう意味だったのか、なんとなくわかる。でも、当時の僕にはその意味がまったくわからなかった。いや、本当はどこかではわかってたのかもしれない。でも、僕は「え、大丈夫です」と答えてしまった。Mさんはまた、ふっと笑って、「じゃー、働けー!」と、僕の背中をドンと押した。

バイトが終わって、若干急いで事務所に入ると、もうMさんは帰っていた。なんだかガッカリした。

それ以降、Mさんは僕と仕事以外のことで話すことはなかったし、少ししてMさんは突然辞めてしまった。後で知ったが、バイト先の副店長と不倫をしていたようだ。副店長はインテリっぽい人だったので、サリンジャーを読んでいたのはその影響かもしれないな、と思った。

人生が、フローチャートのようにその場で二つの選択を繰り返して、大きくズレていくものだとしたら、僕の選択次第で、あの日に童貞を捨てられたのかもしれない。

僕はまた一人で、不安に思いながら、音楽聴いたり本読んだりマンガ読んだりして過ごした。『ライ麦畑でつかまえて』もその時に読んだ。大人になれたのはその1年後だった。本当に好きな子だったので良かったが、音楽や本やマンガとの関係性は少し変わってしまった気がする。

十数年経って、新宿アルタ前の交差点でMさんを偶然見かけた。相変わらず派手なメイクで毛皮のコートを着ていたが、表情がすごく辛そうなのが気になった。横を通り過ぎる時、Mさんは僕に気づかない。僕も声をかけずに通り過ぎる。そのまま僕は、これから売り出すというアイドルの取材をした。キラキラとした夢をたくさん語ってくれたが、しばらくしてそのアイドルは引退してしまった。

東銀座界隈ドキドキの日々①

美術の専門学校に通いながら、将来に対する不安は常につきまとっていた。「僕、なんの仕事をすればいいんだろう……？」という不安だ。専門学校で自分がやっているような、しょうもないことが仕事になるとは到底思えなかったし、かといってこんな成績ではアーティストになんてなれるわけがない。会社員はお前に向いてない、と親にも言われている。自分の画力ではマンガ家もムリだろう。じゃあどうする。何をすればいい？

友達とフリーペーパーを作った。音楽をやっている友達のテープもこのフリーペーパーのレーベル、というカタチでオマケにつけた。それをレコード屋さんや洋服屋さんに置いた。今思うと少し恥ずかしいが、90年代はそういうノリだったのだ。音楽は好きだったし、文章や絵を描くのも好きだ。それを今出来ることで何かカタチにしてみよう、と考えたら、フリーペーパーが一番簡単である。そこから何か、自分のやりたいことが見えてくるかもしれない。もう、アートにこだわるのはやめようと思ったし、向いてないと自覚していた。向いてるものが何か、を探すしかない。

フリーペーパーの内容は、CDや本のレビューみたいな、ありきたりなことはやらない、と決めた。レコード屋さんに置いてあるような、素人《しろうと》が作ったものは大抵そういう内容ばかりだったし、「そのレコード、知ってるよ！」「みんなが知っているベタなモンを紹介したところで……」と不満に感じていた。多くのフリペはただの「雑誌ごっこ」じゃん、と生意気にも考えて、「これなら面白いの作れば目立つんじゃないか」と思ったのだ。

とはいえ、自分が作ったフリーペーパーは「貧乏中学校の卒業アルバム」という特集で、漫画に出てくる貧しそうな顔立ちのキャラや、貧乏そうな顔した俳優やタレントの写真をガンガン切り抜きしてクラスの集合写真を作る。またスティーヴィー・ワンダーやウディ・アレンなどの「良い顔」した人の写真もコラージュ。その下に「運動会」「体育祭」「遠足」などとあてはめていくという、いわゆる「画像で一言」的なもの。それを延々繰り返し、最終的に誰もいない教室の、全生徒の机の上に花瓶が置いてあるシーンで終わり（貧乏すぎて全員死んでしまった）、というオチ。全16ページ。ムチャクチャ。もはや特集にすらなっていないヒドイものだ。そもそも、何をやりたいのかよくわからない。ただ友達とゲラゲラ笑いながら作っていただけだ。レコード屋さんや古着屋さんに置いたが、もちろん、反応なんてなかった。

そんな頃、イトコがマガジンハウスの『ハナコ』編集部でアルバイトをしていると聞いた。マガジンハウスは学生のみ、今いるアルバイトの紹介制で入れるのだという。頼み込んでイトコに紹介してもらい、僕もアルバイトをすることが出来た。

働きはじめてビックリした。まだ出版業界も余裕のある頃だったので、仕事はお茶くみやコピー取り、電話番とお届けもの程度。ずっと座っていられるし、コーヒーもタバコもOK。マガジンハウスは社員食堂があり、タダで昼飯と夕飯が食べられた。

それで時給は1000円。バブルの頃はもっとスゴかったらしいが、充分すぎるほど贅沢《ぜいたく》なバイトだ。

一番嬉しかったのは、編集部に送られてくるサンプルCDや献本。『ハナコ』という雑誌柄、マイナーなCDや本は大抵紹介されず、封も開けずに処分される。溜まってくると編集さんが段ボール箱に入れて、処分用のスペースにドサッと置くのだ。それを抜き取るのが何よりの楽しみだった。自分以外のアルバイトは普通の大学生ばかりだったので、サブカルチャー的なものはほぼ独占状態だった。

他のアルバイトが小綺麗でコンサバな格好をしているのに対し、僕はいつもボロボロのジーパンにバンドTシャツみたいなのばかり着ていたので、編集部では悪い意味で目立っていたかもしれない。そのせいか、あまり仕事を頼まれることもなく、ヒマで備品のノートに落書きばかりしていた。思い返してもダメなバイトである。

そんな奴にも、話しかけてくれる人はいた。まだ『ハナコ』で仕事しはじめたばかりだったKさんという新人ライター。可愛らしい感じの女の人だった。編集部にはベテランのライターさんが多かったので、居場所を作りづらかったのかもしれない。よくバイト席に来てくれて、他愛もない話をしていた。他のライターさんにイジメられていた、ということはないだろうが、何かいつも辛そうな表情をしているのにキュンときて、淡い恋心も抱いていた。Kさんはそれを知ってか知らずか、「企画でこういうコトやってる子探してるんだけど、友達にいない？」とよく聞かれ、一緒に探したりもした。

もう一人、『ハナコ』でデザイナーをしていたタケウチさんという女の人も、よく声をかけてくれて、当時『ブルータス』にいた岡本仁《おかもとひとし》さんを紹介してくれた。「岡本さん、フリーペーパー大好きだから、読んでくれるよ！」と言われ、にわかに緊張した。名前は知っていたのだ。愛読していた小西康陽《こにしやすはる》さんの本『これは恋ではない』のあとがきで、小西さんが真っ先に感謝の意を記したマガジンハウスの編集者。

岡本さんにフリーペーパーを見せた。その反応は覚えてないが、「貧乏中学校の卒業アルバム」ではなんともコメントしようがなかっただろう（当たり前）。代わりに、岡本さんは自分が作ったというモノクロコピー誌のフリーペーパー『ｆａｂ！』をぜんぶ貸してくれた。ビックリするほどカッコイイ本だった。「コピーしないでね」と言われたけど、こっそり会社のコピー機でコピーした。

ある時、タケウチさんの上司であるクロダさんというデザイナーが話しかけてきた。『リラックス』という雑誌が、若者向けのファッションカタログ誌にリニューアルしたんだけど、読者投稿コーナーの応募が少ないので、サクラで書いてみない？　お前、変なの書きそうだから……と言われる。いきなり「変なヤツ」と言われて戸惑ったが、聞けば４００字くらいで好きなように書いて、２万円近くも原稿料がもらえるという。即答で引き受けた。あまり悩まずにテキトーに書いて、原稿と顔写真（そのコーナーは顔出ししなくてはいけなかった）を、『リラックス』編集部の太田さんという女の人に渡した。当時から今と変わらない調子の軽い文体だった。

本が刷り上がると、マガジンハウスのエレベーターの前で、女の人が「きみが書いたの読んだよ、面白いわねえ！」と話しかけてきた。その人は工藤キキというライターで、いつも『ポパイ』でズバ抜けて面白い文章を書くなあ、と思っていた人だった。

キキちゃんが僕の専門学校の担任の先生だった小沢剛さんの友達だったりとか、岡崎京子さんのアシスタントだったとか、僕が好きなアーティストの人たちと仲が良いとか、そういうことは後から知ったが、当時は何より、自分の書いたものを知らない人に初めて誉められた！　しかも自分が面白いと思う人に！　という喜びでいっぱいだった。『リラックス』の太田さんから、次の号にまた書いて、と言われる。バイト代＋原稿料なので、ホイホイ書いた。今までも楽しいバイトだったが、さらに楽しくなってきて、学校のある高円寺にはほとんど行かず、マガジンハウスのある東銀座にばかり行くようになった（仕事もしないのに）。

その後、『リラックス』の編集長に呼び出された。すごく怖い人だ、とウワサに聞いていたので「怒られる⁉」とビクビクしながら行ってみると、やっぱり見た目も怖そうな人だった。

椎根和《しいねやまと》さんという人だった。

会うなり、「キミ、『ハナコ』のバイトを辞めて、ライターをやりなさい」と命令された。本当に「命令」という感じの、断りようのない誘い方だった。今思えば、編集長直々《じきじき》にそんなことを言われるのはすごいことである。だが、当時の僕は「ライターかあ、なんかカッコ悪くてイヤだなあ……」と思ってしまった。とはいえ、将来、何したら良いのか未だによくわからなかったし、マガジンハウスでアルバイト出来るのもあと1年。それに何より、この編集長に逆らったらもっと怖そうな感じだったので、「じゃあ、やります。がんばります」と渋々答えた。

『ハナコ』に戻ると、アルバイトのみんなは祝福してくれた。「すごいじゃん！」「有名になってね！」などと言われたが、気持ちは浮かなかった。バイトの方が楽しいし、ラクだからだ。何より、環境が突然変わってしまうことが一番怖かった。ライターのKさんに話しかけると、「いいじゃない！　おめでとう！」と喜んでくれる。

「でも僕……、ライターなんて出来るか不安なんですよね……」と正直に言うと、Kさんは「ライターのコツはとにかく人脈！　友達いっぱい作っていけば大丈夫だよ！　あとは楽しんで書くことよ！」と、いつになく強い調子で励ましてくれた。

しかし、僕はそれでますます不安になってしまった。友達作りなんて、自分がもっとも苦手なことだ。「う〜ん、そうですか……」と答えると、Kさんは僕の手をギュッと握った。突然だったのでドキドキしたが、Kさんは「がんばってね」とだけ言って、僕の手を離した。Kさんが立ち去る時、良い匂いがした。

僕の最後のバイトの日。ウワサだとライターのKさんは、仕事で大きなミスをしてしまったとかで、Kさんのいたライター席には、すでに違う女の人が座っていた。あまりに突然だったので驚いた。

明日から、僕は『ハナコ』編集部がある5階ではなく、『リラックス』編集部のある2階に通うことになる。僕はこれからのことを思って、一層不安な気持ちにさせられた。

東銀座界隈ドキドキの日々②

当時の『リラックス』は僕以外にも、そこら辺から集めてきたような、何してるんだかわからないような若い人がいっぱいライターとして連れ込まれていた。つまり、「ウチでいっぱい書かせてやる。メシも食わせてやる。その代わり、見つけてきたネタは全部ウチで書け。他の雑誌には一切書くな」という抱え込みだった。当時は『モノ・マガジン』的なファッション・カタログ誌だったので、そういう独占情報が何より大事だったのである。

そんなライターたちの中でも、僕は一番最後に入ってきた。編集長の椎根さんは、先輩たちに「今度、直角ってヤツが来るからな！　そいつが来たらお前ら全員仕事減るぞ！」と、目一杯ハードルを上げた前情報を与えていたという。それで競争意識を煽りたかったのかもしれないが、そのせいで僕は、先輩のライターさんたちに最初、思いっきり冷たくされていた。「やっぱライターなんかやるんじゃなかった……」と思った。

ライターの仕事も何も知らないまま入っても、先輩のライターさんはもちろん、編集さんもなんにも教えてくれない。インタビューの仕方も、キャプションの書き方も、商品リースの仕方も、小さなスナップカットの撮り方も、「とりあえずやってこい」。やってきては「なんだコレは！　やり直してこい！」と怒られるスパルタ・スタイル。当時は、というか『リラックス』は、そうやってライターを育てていく方針らしい。僕の後にも新人のライターが2～3人入ってきたが、すぐにみんな辞めていき、僕が一番後輩なのは変わらなかった。

僕は『リラックス』でライターをやる上で、「どうやって文章で自分だけ目立つか」「笑えることを書くか」ばっかり考えていた。普通なら、「コレを紹介するにはどの部分を注目させればいいか」とか、「コレをどうページで見せたら活きるのか」といった考え方をするのだが、当時の僕は自分のことばっかりで、そんなことを全然考えなかった。なので、流れ無視、マナー無視、言葉遊びばかり。いつもめちゃくちゃ怒られていた。それが浸透してくると、先輩ライターさんからも「コイツは恐れるに足らず」と思われたのか、仲良くしてもらえるようになっていった。単に落ちこぼれだと思われたのかもしれない。

しかし、怒られる日々でも、ライターの仕事は楽しかった。今までファッション誌やカルチャー誌、音楽誌で見ていたような人たちに次々と会えるのだ。MILKの大川ひとみ。ヒステリックグラマーの北村信彦。アベイシングエイプⓇのNIGOⓇ。ケンイシイやユナイテッド・フューチャー・オーガニゼーション。MUROやライムスター。ピチカート・ファイヴにボニー・ピンク。一本電話をして、「取材させていただきたいのですが」と頼むだけで、カンタンに有名人と会えてしまう。その人たちに取材すると、まるで自分も何者かになったような錯覚を起こした。もちろん編集部に帰ってくると、「お前は一体、何を訊いてきたんだ！」と怒られるのだが。

氷室京介の家があるロサンゼルスまで取材に行く、という仕事もあった。電通が入ってのタイアップ記事。初めての海外、そして駆け出しの自分にはものすごく大変な仕事だったが、なんとか終えて帰ってくると、やっぱり「これだけ⁉　お前はロスまで行って何を取材してきたんだ！」と怒られた。そのくらい、すべてが体当たりで、失敗して学んでいくような編集部だったのだ。今思えば、あれだけ失敗ばかりして、よくガマンしてくれていたな、と思う。

ライターでは3ヵ月ほど先輩だった、加藤マサルと川端正吾としょっちゅうつるんでいた。当時、編集長の机の引き出しに食券があり、夜中はこっそりその食券を取り出して、会社の近所の中華屋や蕎麦屋でダラダラ飲んだり食べたりするのが楽しかった（今は食券制度はない）。通っていた専門学校は、出席日数が足りずに除籍になってしまったが、マサルくんも川端くんも、皆同じような状況だったので、なんの心配もしなかったのだ。

しかし、僕が入って1年近く経った頃、椎根編集長が「俺はマガジンハウスを辞めるので、『リラックス』の編集長を降りる」と言いだした。『ハナコ』のバイト時代にも経験したことがなかった、編集長交代。一気に編集部の空気が不穏になっていく。僕らも「え……、俺たち、どうなるの?」と不安になる。すると椎根さんが、

「代わりに、『ブルータス』の岡本というヤツが編集長で来るから」

と言って、僕だけ「わ! やった!」と叫んだ。思いっきり椎根さんは複雑な顔をした。ごめんなさい……。

岡本さんが来て、雑誌は一気に変わった。デザインはスッキリとし、表紙はイラスト1発になった。リニューアル1号めはギィ・ペラートというフランスの漫画家が描いたイラスト。特集は「迷彩バカ」。NIGO®とコーネリアスが登場し、小西康陽さんなども文章を書く。昔、岡本さんが見せてくれた『fab!』と同じタイトルの白黒ページもはじまった。工藤キキちゃんも書くようになり、『ハナコ』のタケウチさんは「マシュマロウズ」というユニットで「ガールズトーク」という連載をはじめ

た。僕が取材を担当していたアイドルのグラビアページは、それまでいつもスタジオの白バックで撮るだけのページだったが、カメラマンが新津保建秀《しんつぼけんしゅう》さんになり、ロケでの撮影となった。

次々とカッコイイ誌面が出来てくる。続く2号目はグルーヴィジョンズを特集する、という。他の人たちは皆ポカーンとしていたが（まだグルビもチャッピーもマイナーな存在だったのだ）、僕だけ一人エキサイトしていた。

俄然《がぜん》、カルチャー誌寄りとなった『リラックス』は、僕にとっても最高の雑誌環境となったのだ。

今まではやはり、有名であったり、ベタなものが誌面の中心だった。コーネリアスよりGLAYが出るべきだ、という方針だったたし、電気グルーヴが出るより、もっとテレビに出ているお笑い芸人が出るべき、というノリだったので、僕が好きな人は、なかなか『リラックス』では難しいんだろうな、と思っていたのだ。

それが一気に方向転換。ますますライターの仕事は楽しくなっていった。同時に、もっと最高のことも起こった。

フワフワした気持ちで『ハナコ』のバイト仲間に会いに5階に行くと、新しいバイトの女の子がいた。とびきり可愛くて、グラマーな子だった。その子が、「私、渋谷さんのファンなんです」と言った。初めて、目の前で、知らない女の子から「ファンだ」と言われ、僕は何がなんだかわからなかった。

東銀座界隈ドキドキの日々③

「渋谷さんの書くもの、すごい面白くて、いつも笑ってるんです」

面と向かって、そんなことを言われたのは初めてだった。最初に工藤キキちゃんは言ってくれたが、あの時はまだ学生バイトだったし、『リラックス』編集部では「(僕が) 調子に乗るから」と、そういうことは誰にも言ってもらえなかった。

それにしても、めちゃくちゃ可愛い子である。多摩美に通う1年生だ、という。死ぬほど嬉しかった。それと同時に、

「つきあいてえ！」

と思った。

それまでつきあった子は（といっても2人だけだが）、別に僕の才能に関しては認めていなかった。むしろ「直角にはムリでしょ」と、バカにされてたぐらいだったし、親父にも「お前は何も才能がないから……」と言われていた。モテたいんじゃない、何かで認めてもらいたいだけなんだ、というコンプレックスばかりで過ごしてきた自分にとって、その子は初めて、僕のことを、文章だけで認めてくれた人だったのだ。

その子には当然彼氏がいたが、僕はもう必死。何度も何度もつきあってくれるように頼んだ。2～3ヵ月くらいして、その子は音《ね》を上げたのか、彼氏と別れてつきあってくれることになった。本当に嬉しかった。

新しい『リラックス』が出来るとさっそく彼女に見せる。彼女は僕が書いたところを見つけると、僕の目の前で本当に面白そうにケラケラ笑う。ひとしきり笑った後、「渋谷くんは、本当に面白いなあ！」と言うのだ。「私、一番のファンだと思う！」とか言うのだ。それが、どれだけ嬉しかったことか。どうせ、「カッコイイ」とか「イケメン」とか言われるワケじゃない。背も低いから、服だってムリしたところで根本的に似合わない。だったら仕事しかない。自分の仕事を最高に好きになってもらうことしかないじゃないか。それを、こんなに可愛い子に言ってもらえるなんて。

当時、彼女がどれだけ僕に影響を与えたかは計り知れない。いわゆるオリーブ少女と判断されるようなタイプの子としかつきあってなかった僕には、ギャルっぽい彼女は激しい衝撃だった。胸元の大きく開いた服を着て、香水も強い。キムタクとDJプレミアが好きな女の子だった。「好き！　好き！」と照れずに言ってくるのも驚きで、女の子は奥ゆかしいもの、と思い込んでいたのが吹き飛ばされた（オリーブ少女はおとなしい子が多い。それもイメージでしかないが）。そんな子と自分がつきあえると思ってなかったし、彼女と話すだけで、毎日のように自分の価値観が揺さぶられていった。その子が笑ってくれるような原稿を書こう！　と仕事も意気込んでやっていた。

しかし、そんな幸せは、すぐに両方失った。

『リラックス』はやはりリニューアル以降、売れ行きが伸びずに苦戦していたらしい。最後の2冊、「GO APE！」というタイトルの、NIGO®と『猿の惑星』の特集と、その次の号の「キース・ヘリング」特集はちょっと売り上げが伸びたらしいが、もう『リラックス』の休刊は決まっていた。キース・ヘリング特集が、最後の号となった。

僕がそれを知ったのは、優香の撮影をしていた時で担当編集さんが深刻な面持《おもも》ちで教えてくれた。まだデビューしたての、初々しい優香の笑顔にとろけることもなく、僕はただ呆然としていた。『リラックス』しかやってきてないので、『リラックス』がなくなったら、どうすればいいのかわからない。担当編集さんも僕のことを心配に思ったのか、編集部に戻るや否や、「すぐ、オリーブ編集部に行ってこい！」と命令された。

なんのことだかわからず『オリーブ』編集部に行くと、どうも僕は、休刊が決まった途端、「次は『オリーブ』で書かせて」という必死な売り込みをしに来たように見えたらしい。『オリーブ』編集部の人たちに失笑され、「原稿をまとめたファイルを持って来なさい」と、子供を諭すような口調で言われた。

なんだか恥ずかしくて、その後『オリーブ』に行くことはなかった。

そして、愛しい彼女との関係も、その頃からおかしくなっていった。会っても、電話でも、妙に冷たい。結局、休刊が決まったのと同じ時期に、「別れたいの」と言われた。どうも、「文章は好きだけど、人間としてはちょっと……」と、さすがにそこまでズバッとは言われなかったが、要はそういうことらしかった。

この時はそれまでの人生で一番と言っていいほどへこんだ。

何もなくなっちゃったなあ……と思ったが、人生はまだ続く。結局、『リラックス』で書いていたライターは、マガジンハウスの別の編集部にちりぢりになっていった。川端くんは『ブルータス』に。マサルくんと僕は『ポパイ』に行くことになった。他の先輩たちはマガジンハウスからいなくなった。

岡本さんは、「新雑誌研究室」という名前だったか、新しく出来た部署に異動することになった。そこは岡本さん一人だけの部署、だという。何するところなんですかと訊くと、岡本さんは意外なことを言った。

「『リラックス』を復刊させるための、色々な予算とかやり方を研究する部署」

それまで、休刊した雑誌を「復刊」させる、なんてことを考えもしなかったので、「そんなこと出来るんですか？」と訊いた。岡本さんは短く、「そのつもり」とだけ答えた。他のみんなは「まあ、ムリでしょ」と言う。僕はそうなったらどんなに良いだろう、と思った。そうしたら、彼女も戻ってきてくれるかもしれない、などと不毛なことまで考えた。

失意のどん底のまま、僕は『ポパイ』に移った。『ポパイ』での初めての仕事は、「JJモデルの研究」というミニ特集だった。編集さんに概要を聞かされる。

「JJモデルのインタビューをしてもらって、その下に直角くんがどう感じたかの印象をコラムっぽく書いてもらって。で、そのコラムの横には、JJモデルっぽい格好で、女装した直角くんの写真を載せたいんだよ」

休刊して、フラれて、再起の1発目が女装か……、とも思ったが、バカなことをするのは特に抵抗がないので、楽しんで女装した。『ハナコ』に新しく入った男のバイトは、その僕の話を聞いて陰で「最悪だね〜、恥だね。俺なら絶対やらないね」などと笑っていたらしい。まあ、ナメられるのは慣れてるし。今さらそんなカッコつけたことしてられない。「まだまだ下積みだな」と思っていた。

ＪＪモデルを取材しているスタジオに、突然、背の高い男の人が入ってきた。すると、編集さんたちが急に、その男の人をチヤホヤしだした。聞き耳を立てていると、その人はどうも面白い文章を書くライター／コラムニストらしい、ということがわかった。チヤホヤされていいなあ、と思い、こっそり編集さんに「あの人は、なんていう人ですか？」と聞いた。

「ああ、リリーさんだよ。リリー・フランキー」

東銀座界隈ドキドキの日々④

リリーさんと何を喋ったかは、あまり覚えていない。確か、リリーさんは『誰も知らない名言集』という本を出してすぐくらいの頃で、『ポパイ』では巻頭のコラムを連載していた。

リリーさんも見学に来た、そのＪＪモデル特集の記事は、最後のページで20代の僕、30代のリリーさん、40代の渡辺和博さんが世代別にＪＪモデルについてのコラムを書く、という構成。リリーさんのコラムでは、ＪＪモデルを前にテンパる僕のことがイラストとともに書かれていた。他人の文章の中でイジられるという経験は初めてだった。本が出来ると、リリーさんのファンだという知人に「凄いねえ！　良かったねえ！」などと言われたが、当時の僕は「別に凄くない！」とツッパった。そう、あの時のスタジオで見たリリーさんのように、僕だって編集者に「すごい」とか「面白い」と認識させてやるんだ、という目標が芽生えていたのだ。リリーさんに書かれたからって満足しないぞ！　と燃えていたのである。

その後、『ポパイ』では音楽ページの担当となった。毎号、綴《と》じ込みの雑誌内雑誌のような形で12ページを任された。音楽記事のみで12ページというのは凄いが、当時は宇多田ヒカルのデビューアルバムが700万枚突破、みたいな音楽業界イケイケの時代だったから、ファッション雑誌でそのくらいのスペースを取ってもあまり不思議ではなかったのだ。

音楽ページでは僕と、ライターの関田知子さん、工藤キキちゃん、今は『めちゃイケ』の放送作家をしている堀雅人さん、音楽ライターの井上由紀子さんというメンバーで、毎号ガチャガチャやっていた。当時の『ポパイ』は『リラックス』以上にユルい雰囲気で、何でも好きなようにやってよく、布袋寅泰やSPEEDといったメジャー・アーティストも出るが、それと並列でベックやステレオラブ、ボアダムスやクボタタケシ、ジャングル・ブラザーズやチボ・マットまで同じ扱い、なんでもOKで載せることが出来た。レビューのコーナーも、輸入盤のみのCDや、クルーエル・レコード、スカイラーキンといったインディーレーベルの新譜をガンガン紹介出来た。

女性アイドルもよくCDを出していたので、そういう芸能人もたくさん出した。ただ、アイドルに音楽の話をインタビューしても面白くないな、と思った僕は、担当編集さんに、「インタビューせずに、全部僕の妄想で書いてもいいですか?」と相談した。

それで、カンタンにOKしてくれたのだから、凄い編集部である。もう、アイドル本人の発言などまったくなしに、自分とそのアイドルの胸キュンラブストーリーを勝手に書いて記事にしていた。スケベな妄想はしなかったからなのか単に理解のある担当者に恵まれていただけなのか、不思議とクレームはなかった。

そんな調子だったので、悲壮な覚悟で始めた『ポパイ』の仕事は、これ以上ないほど楽しかった。人選、アポ入れから入稿まで、全部僕と関田さんで行い、それが終わると、キキちゃんや堀さんたちと飲みに行った。音楽ページ担当ということもあり、ライブもたくさんタダで観られた。ライブ終わりでまた飲みに行く。体重は『リラックス』の頃から、10kgも増えてしまった。

井上由紀子さんが、「真心ブラザーズのYO-KINGが、直角くんの文章面白い、って言ってたよ」と教えてくれた。初めて、有名人が自分の文章に注目してくれた、と嬉しかったのを今でも覚えている。井上さんは「もちろんYO-KINGには、あんな下品な文章の何がいいの⁉　絶対ダメ‼　って言っといたけど」。

そして、夏も過ぎた頃、岡本さんからメールが届いた。

「『リラックス』の復刊、決定しました。来年の1月から始めます」

やっぱ、岡本さんはスゴイ、と感激した。他の編集者に聞けば聞くほど、休刊した雑誌を復刊させることは難しい、不可能だ、と言われていたので、僕もあきらめ半分だったからだ。

すぐに岡本さんに呼び出されて、「ということなので、『ポパイ』は年内で辞めて、『リラックス』に集中してほしいんだけど」と言われる。一も二もなく「やります！」と即答。『ポパイ』の仕事は楽しかったが、岡本さんに頼ってもらえた嬉しさの方が遥かに大きかった。

『ポパイ』との話し合いも比較的スムーズに決着して、僕は12月で『ポパイ』から『リラックス』に移ることになった。

しかし、その直後に、予期せぬ逆風が吹く。

それまでずっと、『リラックス』のアートディレクターをやっていた細山田光宣さんが、年末から『ポパイ』のアートディレクターに就任することになったのだ。なので、『リラックス』のデザインが出来なくなってしまった、という。雑誌のデザインはイメージ全体を左右する、大事な部分である。いきなり完全復活を妨げられた形となってしまい、岡本さんはちょっと落ち込んでいるようだった。あまり話しかけないでほしい、というオーラが出ていたので、僕は何も聞かなかった。

少ししてから岡本さんに会いに行くと、「デザインは、小野英作に頼もうと思ってるんだ」と言った。

「え⁉　小野さんなんて、やってくれるんですか⁉」と、僕は心底驚いた。小野英作さんは、確かにあの『ｆａｂ！』のフリーペーパーをデザインしていたが、どちらかというとファンタスティック・プラスチック・マシーンや『フリー・ソウル』シリーズといったCDジャケットを手がけるグラフィック・デザイナーという印象が強いし、僕はグラフィック・デザインとエディトリアル・デザインはまったく分野が違う人がやるものだ、と思い込んでいたのだ。

「英作に聞いたら、大丈夫って言ってたから、やってくれると思うんだけど」

岡本さんは平然とそう言ったが、僕はひそかに大興奮していた。

小野さんには一度会ったことがある。『ハナコ』のタケウチさんが、友達だ、と紹介してくれたのが桃子さんという小野さんのお嫁さんで、一度事務所に遊びに行ったのだ。その時のことも忘れられない。

小野さんの事務所は、サヴィニャックのポスターや、マイク・ミルズの作品集といったオシャレなものも飾られていたが、その横には福本伸行や根本敬《ねもとたかし》のマンガ、『ヤングサンデー』や『スピリッツ』なんかも雑然と積まれていて、当の小野さん本人は僕と話しながらもずっとプレステの『I．Q』というパズルゲームをやっていた。僕はそれを見て、「なんてカッコイイ人だろう」と思ったのだ。

岡本さんも小野さんも、僕がシビれていたのはそういう部分だった。いわゆるオシャレ、とされているものも、ポップ・カルチャーもスカム・カルチャーも芸能界的なものも全部関係なく、自分の目で判断して、選んで、迷いなく取り込んでいるところ。オシャレなもの「だけ」を愛する人だったり、ステイタスとかカテゴリーとか誰かのオススメとかで判断するような人だったら、僕も気後れして、むしろアンチになっていたかもしれない。

二人は、僕にとって「こういう人になりたいなあ」と思う憧れの存在だったのだ。そんな2トップの岡本さんと小野さんが組んで、雑誌を作る。しかもそれに僕も関われる。ヤバイ、絶対コレは凄いことになる！　と、足が震えた。

東銀座界隈ドキドキの日々⑤

『リラックス』復刊第1号は、2000年1月6日に発売されることになった。特集は2000年の最初だから、と「フューチュラ2000」というグラフィティ・アーティストの特集。それと、当時アベイシングエイプⓇの香港出店というタイミングで、ストリート・アートやクリエイターが増えはじめた香港の人や街を紹介する「NIGOⓇの香港案内」という2本立て。付録にグルーヴィジョンズのポスターがつくことになった。

取材を進めながら、小野さんから次々とデザインが上がってくる。それは予想通り、いや、予想を遥かに超えてカッコ良かった。

見開き単位で写真や絵を贅沢にバンバン見せていく。何よりページをめくる緩急がスゴかった。ダイナミックに見せるところは見せて、繊細なところは細かく。その印象が崩れることのないまま、最後のページまで辿り着く。当時、ここまで1冊まるごとを統一したイメージで見せる雑誌は、他ではあまり見たことがなかった。レイアウトデザインのコピーを、クリップでまとめた束をめくるだけで、ビックリするような誌面なのがわかる。

僕以外にも呼び戻されたライター仲間、川端くんやマサルくんたちも興奮していた。みんなで何度も何度もレイアウトをめくっては、この雑誌が完成し、世に出ることを想像するだけでテンションが上がった。

もちろん、その分、小野さんの要求は厳しい。編集長が二人いる、と言っていいほど、小野さんがダメと思うものは企画でも写真でも文章でもやり直しになる。それでもお互い真剣なので、小野さんの事務所がある代官山にレイアウトまわしへ行く編集者は、大体長時間帰ってこなかった。

岡本さんもキレキレだった。「みんなには、僕が知らないことをドンドン取り上げてほしい」と言う。それで企画を見せると、岡本さんはまるで知らないことなのに「それは、こう見せればいいんじゃない？」と瞬時に提案する。そして、そう見せた記事はそれ以外の正解がないのでは、と思うほど面白く見えるのだ。

副編集長の中島敏子さんの作るファッションページも、カッコ良さとバカバカしさのブレンドが絶妙だった。大体編集部というのは、面白い記事を作る人がいる一方、すごくコンサバな記事しか作らない人もいるのが普通である。なのに、新生『リラックス』の編集者たちは、みんなコンサバなものは作ろうとしていなかった。どんな小さい記事でも、「どうやったら面白くなるかな」ということばかり考えていた。

僕らライター陣もノリノリ。とにかくずっとアッパーな精神状態で、絶対たくさんの人に読んでもらうんだ！　という意気込みを文章に叩き付けた。『ｆａｂ！』のモノクロページでは、担当編集の湯澤和彦さんに「あの『ポパイ』でやってたアイドル妄想、面白いから書いたら？」と言われ、ようやく連載コラムを持つ身分になった、と調子づいて書き飛ばした。

また、岡本さんからは「次号予告の広告をマンガにしたいから、直角、なんかマンガ描いて」と、広告ってそんなカンタンなことでいいの⁉　と思うようなことを提案され、ホントに僕の汚い絵で描かれたマンガが電車の中吊り広告になっていて痛快だった。

何より、新しい『リラックス』編集部は、マガジンハウス本社ではなく、隣接する別館ビルの3階に用意され、いわば隔離状態。なので他の編集部の迷惑を顧みることなく、岡本さん含め、みんなでやりたい放題だったのだ。

編集部にDJブースを作って、夜はみんなでヘタなDJをしながらビールを飲んだりした。スケボーに乗って出社してくる編集者もいた。当時出たばかりのプレステ2で遊び放題だったし、夜中、踊れもしないダンスバトルで盛り上がったりもした。NIGO®さんが「復刊のお祝いに」とくれたアベイシングエイプ®のソファや、ライターの高澤敬介くんが「拾ってきました！」とイームズの椅子をたくさん持ってきて、ズラズラ並べたりした。また、エリック・ヘイズやロスター、INVADERやWKINTERACTといった海外のグラフィティ・アーティストたちが編集部に遊びに来ては、壁や棚にタギングしていった。

編集部全員、小野さんたちデザイナーも含めて、みんな仲が良かった。毎日のように飲んで、遊んで、仕事をした。

そんな、いわばトキワ荘のようなノリで浮かれたようにワイワイと作り、満を持して復刊された『リラックス』は、そのみんなの情熱や勢いがちゃんと伝わったのか、多くの読者から喜ばれた。部数はそんなに多くはなかったが、出すたびに完売し、雑誌の知名度がドンドン上がっていくのがわかった。

タレント事務所などに取材のアポ入れをする時も、それまでは「どういう雑誌なんでしょうか……」「見本誌をまず送っていただいて、それを見てから判断したいと思います」などと言われることばかりだったのに、こちらが頼まなくても、向こうからガンガン売り込みが来るようになった。

「『リラックス』で仕事がしたい」というカメラマンやイラストレーター、ライターの売り込みも殺到し、岡本さんはいつもそれに追われていた。その中には、僕が『ポパイ』で女装した時に、さんざんバカにしていた『ハナコ』のアルバイトもいた。しかし、『リラックス』でデスクを置いてライターをしているのは、僕と川端くん、それと新しく入ってきた高澤くんの3人だけで、それ以上はなぜか増えなかった。マサルくんは途中でスタイリストに転向し、いろんなところでバリバリ仕事をしつつも、『リラックス』では焼き肉の美味しい店を紹介するコーナーだけを続けていた（今でこそ普通であるが、当時、焼き肉店を紹介する連載というのも他ではあまりなかったので、かなり人気のあるコーナーだったのだ）。

そして、『リラックス』の勢いに便乗する形で、僕の名前も少しは知られるようになった。読者の人から「ファンです」とチヤホヤされて、クラブなどでも入り口で「ああ！　知ってる！」と言われ、タダで入れてもらえたりもした。僕はこの頃、すべてが楽しくて、「ようやく我が世の春が来た！」とばかりに浮かれていた。

もちろん、同時に悪意もある。真剣にグラフィティ・アートをやっている人たちからは『リラックス』はハイプだ、とディスられたし、『2ちゃんねる』のリラックススレッドは当然、目立って調子に乗ってる僕への批判がメインだった。

最初はそんな、自分のことを「死ね」と思う人がたくさんいることを初めて目にしたショックが大きかったが、「こんなの言われて、真に受けてスタンスがブレちゃう方がカッコ悪いな」と思い直した。もっと下品な文章書いてやろう、と思って暴走した。

『リラックス』は1年も経つと、さすがに完売はしなくなって、当初の勢いは落ち着いてくる。しかし、その頃にはマガジンハウスの雑誌では注目されているブランドの一つになりつつあった。

そして、2年ほど経った時、あの子が再び僕の前に現れたのだ。あの、休刊と同時にフラれてしまった、人生で一番ヘコまされたあの子に、僕は期せずして会うことになったのである。

東銀座界隈ドキドキの日々⑥

『リラックス』のメンバーで飲んでいる時だった。小野さんの事務所にスタッフで入った男の子が、「あの子のこと、覚えてますか?」と訊いてきたのだ。「俺、大学一緒で、今も友達なんです」。その子の名前を聞くだけで、甘美な思いと切なさと苦しさで、今も胸が痛む。あれから3年経っていたが、忘れられるわけがない。無事なのが確認出来て良かったと思い、僕は「あの頃はこうでさ……」と、いかにその子が大事だったか、そしてどれだけヘコんだかを長々と喋った。

「あの子、渋谷さんに会いたがってましたよ」

え⁉ と思った。ノスタルジーだった思い出が、もう会えないと思っていた彼女が、手の届く現実となってよみがえる。メールアドレスを伝えてくれるように頼むと、数日後、本当に彼女からメールが来た。すぐに「会いたい」と返信した。

3年ぶりに会った彼女はまったく変わっていなかった。そして、今も僕の文章を読んでくれているという。他の会社から頼まれた小さな仕事もチェックしてくれていたことで、僕に再び火が点いた。あの時の後悔を、あの時の失敗を、あの時進めなかったもう一つの未来を手に入れるつもりだった。あの時の自分とは違う。今度こそはきっと、幸せになってみせると意気込んだ。

彼女は最初、僕とは友達の関係になることを望んでいたようだったが、僕にはそんなつもりはなかった。また、何度もつきあってほしいと頼む。今度は彼氏がいなかったので、比較的スムーズにつきあってくれた。再び、僕には幸せが訪れた。『リラックス』の仕事は復刊以降、ずっと同じテンションで書いていたので、自分でも少し疲れてきていたのだが、これでまた息を吹き返した。

僕の担当するアイドルページにつける妄想のリード文。自分でもマンネリを感じていたが、再びイキイキと書けるようになった。その頃にはじまった小学生へのインタビュー連載も、「子供って純粋、かわいい」といった大人の視線を一切入れず、自分も小学生になった気持ちで彼らのムダ話をそのまま掲載したら、どんどん人気が上がっていった。編集の矢作さんと、気合いを入れて作った『コロコロコミック』の特集はあまり売れなかったが、達成度では満足していた。仕事も恋愛も充実していた時期だった。

しかし、彼女とはまた、3ヵ月で別れてしまった。

理由は前回と同じ。やはり、どうにも僕とは相性が悪かったらしい。あの時とまったく同じことを繰り返したことで、僕は再び激しく落ち込んだ。全然成長出来ていなかったことと、自分の気持ちだけでは何も変えられない、という現実を受け入れることが出来なかった。毎日メソメソしていた。ある日、コンビニで弁当を買おうとしていたら、流れているUSENのMr．Childrenで泣いてしまった。あまりにも自分が情けなくなったのだ。ミスチルで泣くような大人になるとは思わなかった。

だが、今回一つ違うのは、『リラックス』は休刊していない。締切は毎月やってくる。泣きながら、デビューしたばかりだった石原さとみのグラビアページに、気持ち悪い妄想文を書き散らした。なぜか、自分でも驚くほどくだらない文章が書けて、担当編集の横山さんは爆笑してくれた。

もう、これでいいんだ、と思った。自分はずっとくだらない、しょうもない文章を書き続けるのだ。きっと、これからのあの子の人生に、僕が交差することはもうないだろう。あの子にもう一度会うことが出来たのは、何かのケジメだったのだ、と思うことにした。


そうしてさらに1年が過ぎた頃、岡本さんに「話があるんだけど」と、中目黒のギグルカフェに呼び出される。二人きりで会ったり飲んだりするのは、もう何年もないことだ。大事な話なんだろう、と察しがつく。

岡本さんは「編集長を降りることになった」と言った。

理由は色々あったらしいのだが、マガジンハウスの決定である。同時に、小野さんもデザイナーを降りることになったという。僕ももう28歳になろうとしていたので、幾分かは聞き分けがいい。しょうがないことなんだな、と思ったし、僕がワガママ言ったところで何が変わるわけでもない。新しい編集長は『ブルータス』から来る。そうなると、『リラックス』はまたガラッと変わるだろう。

「だから直角も、仕事が減るかもしれないし、他で仕事をしなきゃいけないかもしれない」

俺、直角は心配なんだよね、と岡本さんは言う。それは「大事だと思ってるから」的な心配というより、「コイツ、野たれ死ぬんじゃないか」というニュアンスの方が強かったと思う。確かに、自分のような文章のスタイルでは、今までのように自由に書けないかもしれない。漠然と不安にはなったが、僕も7年ほどライターをやっている。まあ、なんとかなるんじゃないか、と楽観的な気持ちで、「大丈夫ですよ！　今までありがとうございました」と返事した。素直な気持ちで言ったのだが、岡本さんは僕がムリして返事をしてる、と思ったのかもしれない。少し、岡本さんの目が潤んだような気がした。

新しい編集長が来て、今まで一枚岩のように全員が結束していた上で作られていた『リラックス』は、あまりにも脆《もろ》くダメになっていくのがわかった。とはいえ、新しい編集長が悪いわけでもない。自分なりの新しい形を作りたいと思うのは当然のことで、しかし、今までの編集さんや僕らも、慣れ親しんだスタイルややり方を180度変えることに激しい抵抗があり、お互いがうまく着地点を見出《みいだ》せないまま、雑誌は作られていった。編集長も、自分の思うようにコントロール出来ないジレンマは凄かっただろう。編集部の雰囲気は今まで経験したどの編集部よりも悪くなり、次々とそれまでの編集者が異動していくことになった。新しく来た編集者や新しいアート・ディレクターは、皆良い人たちばかりだったが、僕らほどの思い入れは『リラックス』にはない。やはり、復刊当時のあの熱気が、再び生まれることはなかった。

僕は川端くんと一緒に、自由に企画・編集をやる8ページのコーナーをもらった。やはりどうしても『ブルータス』のテイストが増えていく『リラックス』の誌面の中で、「せめてウチらだけはバカなことやろうぜ」と、「ハトヤホテル」特集や「牙」の特集（キバってカッコイイ！　と、キバの生えた動物や怪獣がたくさん載っているだけの内容）、「豪華タレントが続々登場のファッション特集！」と煽り、全員ショーパブの、タレントのそっくりさんだけをモデルにしたファッションページなどを作り、やりたい放題で楽しんではいた。

それも半年ほど経ち、次第に編集長のビジョンが固まっていく中で、僕と川端くんも『リラックス』を卒業することを言い渡された。

川端くんは『ブルータス』で仕事をすることになり、巻末ページの「みやげもん」という連載をはじめた。高澤くんは、『カーサ ブルータス』と、元々の親友だった格闘家、宇野薫選手のお店「宇野薫商店」の企画スタッフとして活動。岡本さんは『ブルータス』の編集者に戻り、小野さんはまたCDジャケットのデザインなどをするようになった。

僕は、声をかけてくれた『クイック・ジャパン』だとかアイドル誌、その他諸々《もろもろ》、色々な出版社で仕事をするようになった。『リラックス』や『ポパイ』のように、また編集部にデスクを置いてもらい、一誌で集中的にやるという気分には、どうしてもなれなかった。

本屋に行くと、もう僕が関わっていない『リラックス』が出ている。パラパラと立ち読みするが、憑《つ》き物が落ちたかのように思い入れはなくなっていた。全然別の雑誌だったからだ。僕はもう、『リラックス』の人、と言われないようにしなくちゃいけないんだよな、とあらためて思い、そこからは本屋で見かけても、手に取ることさえなくなった。

『リラックス』はそれから1年ほどして、2006年9月号をもって2度目の休刊となった。眠っている長澤まさみの写真が表紙だった。

マジメな思い出話というのは、いつも少し恥ずかしい。

日本語の美しさを感じたい

坂本龍一が、アルバム『ビューティ』を作る時にまずイメージしたのが、萩原朔太《はぎわらさくた》郎《ろう》の詩集『月に吠《ほ》える』だったという。「月に吠える」という言葉から喚起されるある種の情景に、日本的ロマンティシズムを感じたのだとか。しかしその日本的情感は、アルバムを共作したアート・リンゼイには伝わりづらかったのだそうだ。

実は僕も、坂本龍一と似たような想いを感じていることがある。あまりわかってもらえないのだが、非常に情緒的で、ロマンティックな言葉があるのだ。

「パンティ」

これだ。もちろん女性用下着のことだ。しかし、今はあまり「パンティ」と言わない。男物と同じく「パンツ」という、色気も何もない呼び方になっている。なぜだ？男はやはり「パンティ」と呼びたいだろう。もっとイメージしてみてほしい。「パンティ」という言葉から浮かぶ、ある種の情景を。ロマンティシズムを。「パンティ」には、思春期の男にはじっくり見ることすら許されない聖域、崇高さがあった。歩道橋を上ろうとするスカートのお姉さんがいたら速攻後ろに陣取っていた小学生時代。電車で向かいのお姉さんが寝てることがわかると、その両足の角度を超能力で開かせることが出来ないかとギンギンに見つめた中学生時代。サイボーグのカラダを手に入れたら、女の子たちの前をマッハの速度で全力疾走し、突風で全員のスカートがめくれあがって「イヤ～ン！」と叫ばれる、というシーンを夢見てしまう30代（僕の話）。そのくらい見たい「パンティ」。青春のはじらいと切なさを、すべて凝縮した言葉、「パンティ」。ああ、「パンティ」。大好きな「パンティ」。

ドラゴンボールを探すこと。海賊王になること。それらと同じくらい、男にとってのロマンとファンタジーが「パンティ」にはある。ウーロンだってドラゴンボールを

7つ集めて、神龍に「パンティおくれ」と頼んだではないか。そんな素敵な情感を持つ言葉「パンティ」を、なぜ、なくしてしまうのだ⁉

……女性読者はドン引きしてるかもしれない。だが、これは下ネタではない。日本語の美しさの問題だ。坂本龍一なら、わかってもらえるだろう（絶対ムリ）。

そんな中、中野ブロードウェイの「まんだらけ」で、『珍本パンティコレクション』（89年発行）という本を見つけた。これがすごい。「日本女性の年間パンティ消費量」「悩殺！　黒いパンティはイタリア生まれ！」「パンティは手洗いすべし」など、作者はどんだけパンティが好きなんだと思わずにはいられないパンティ話が260ページにわたってギッシリ！

しかし、読み進めていくと、「パンティに埋もれる神社がある！」「我こそは下着ドロのギネスなり」「使用済みパンティで出来た枕はいかが？」など、どうかと思う記事が増えていく。ここまで来るとだいぶお腹いっぱいである。読み終わった時、僕は、「もうメンドいから〝パンツ〟でいいや」と思った。

野球について書いてみる

今、サッカーのワールドカップのまっただ中でして、しかもワールドカップを存分に楽しまなきゃな！　と思って、月６０００円の「スカパー！　サッカーＭＡＸ」パックまで加入したのにも拘《かか》わらず、全試合フツーに地上波で放送されるという事実をはじまってから知り、かなりウロタエている中、野球コラムを書くことにチャレンジさせていただきますが、皆様いかがお過ごしでしょうか。

つまり僕は、サッカーは好きですが野球はほとんど知識がなくて、清原が……とか、ダルと紗栄子が……とかのゴシップ的なこともそんなに興味がなくて、『ファミスタ』や『パワプロ』もそこまでハマらず。普段の生活に野球があまり入ってこない。

家が西武新宿線沿線だったこともあり、小さい頃は西武ライオンズファンだ、という属性にしていましたが（というか、西武線住まいは大抵ライオンズファンにならなきゃ……という圧迫感がなんとなくある）、でもそれも「手塚治虫先生のキャラだから」という理由がメインで、あとは『かっとばせ！　キヨハラくん』で選手のキャラを判断していた有様です。そんなですから、野球と自分の接点がほとんどないまま大人になってしまいました。

僕は、世間的にはいわゆる「カルチャー系のライター」というプールに入れられていると思うのですが、駆け出しの頃（90年代後半）なんかはその「野球知らず」であることが壁になることもありました。同期や先輩のライターさんはほとんどみんな、野球とプロレスが好きで、ザ・ブルーハーツやBOØWYを通ってて、いわば「共通言語」となっていて、それらのぜんぶをほぼまともに通過してない僕は、その辺の会話になってしまうとまるでついていけず、元々の社交下手もあり、「コイツ、喋らないな」「話しても盛り上がらないな」「それでもライターかよ」などとよく言われて、ものすごくコンプレックスを感じていたものです。「ライターは喋りが流暢じゃないとダメなんだぞ」と言われ、「えっ、文章勝負じゃないの⁉」とショックで、「僕、向いてないのかな……」とよく不安に思いました。

そんななのに、「MLBのトレーディング・カードのレアなやつを数十枚紹介する」

という2ページの記事を任されて（駆け出しはなんでも書かなくてはいけない）、渋谷や下北沢のカード・ショップに取材に行き、カメラマンさんに写真を撮ってもらい、1枚につき300文字程度のキャプションを書いていくのですが、もう外国人選手なんて一人も知らない。わかるわけがない！「ケン・グリフィーJr.」ですらチンプンカンプンの状態。しかも当時は90年代後半。ネットもまだまだこれからで、検索したってピンポイントで欲しい情報が載ってるサイトなんて出てこない。なので雑誌などを買い込んで、ドロナワの知識で各選手のカードについて書いたら、取材したお店の人に「間違いだらけじゃないか」と怒られて、ほとんどお店の人に書き直してもらったページになりました。そしたら編集さんからは「文章が硬すぎてつまらない」と怒られて。そんなんで、野球のこと好きになれるわけないでしょうが！（完全に逆ギレ）

あと、駆け出しの頃の話で思い出しましたが、90年代後半に人気絶頂だった某アイドルグループの取材&撮影の時、僕はそのグループの大ファンですごく楽しみだったのですが、撮影の衣装を超有名なスタイリストさんがやることになってて、もう編集さんもアイドルのマネージャーさんも「こんな有名スタイリストさんがやってくれて、ありがたや〜」的なノリでその人をすごいチヤホヤしまくっていて、現場はそのスタイリスト中心の空間になっていたんです。僕なんかが挨拶しても「あ？」くらいの露骨な無視っぷりで、「うわー、嫌な感じだな……」と思ったのですが、僕がマネージャーさんと話していて、「僕、大ファンで、こないだ、そのアイドルグループのフィギュアを買ったんです」と言ったら、それまで僕のことをずっと無視していたスタイリストさんが急に食いついてきて、本当に気持ち悪いヤツを見るような目で「は？何フィギュアって」「フィギュアなんか買ってどーすんの？」と聞いてくる。今でこそフィギュアを買うなんて普通ですけど、90年代後半なんてすぐ「オタクだ」と言われ、差別されてた時代。僕が、「いや、部屋に飾るんです……」と答えると、「わっっつかんねー（笑）!!」とものすごいバカにされて。でも、この現場はそのスタイリストさんのものですから、編集さんも「そうなんですよ、コイツ、気持ち悪いんですよ〜」なんて感じに嘲笑されて。そしたらスタイリストさんが「あっ、でも俺も、1個だけフィギュア持ってんな〜」と言いだす。マネージャーさんが「え〜っ、意外〜！なんのフィギュアなんですかぁ〜？」と聞くと、スタイリストさんは自信満々に、「アントニオ猪木のブロンズ像！」とか言って、もう全員大爆笑。僕だけドヨーン！

「なんじゃそれ」と。「猪木ならアリでしょ」「カッコイイでしょ」みたいなその感じ！　と。だから僕、プロレスも嫌いです。……なんの結論だ⁉

イブラ気分

サッカーの世界では、監督が替わるだけでチームが別物になったり、選手もそれにうまく順応できる人もいれば、ついていけずに移籍したりする人もいる。チーム作りはサポーターの声にも多少は左右されるし、スポンサーの意向が現場に介入してきたりもする。もちろん、その変化がうまくいくとは限らない。

……これ、雑誌の世界と同じじゃない？

売れ行きが良くなくて、編集長交代でリニューアル。ガラッと誌面が変わっても、それで売れるかはわからない（もっとダメになるパターンも）。そこにいる編集者もフリーランスも、誌面変更によって活躍する人もいれば、追い出されてしまう人もいる。「読者アンケートが」「広告主の意向が」。ひ、他人事じゃない……！　そういう視点で見ると、よりサッカーが身近になる。大人になるほど、試合以外の部分にも興味が出てくる。そして、そんな自分一人ではなんともしがたい世界でも、ツッパって「俺流」を貫く男に自分を照らし合わせては、「なれそうもない」と憧れてしまうのだ。

ズラタン・イブラヒモビッチは、フランスのパリ・サンジェルマンというチームに所属する選手。デカイし、上手《うま》い。そして得点能力がものすごい。才能ならメッシやクリスティアーノ・ロナウドに匹敵すると言われ、これまで所属したどのチームでも、必ず優勝まで導いてくれる。

ただ、能力がスゴイ分、監督も彼を中心にしないといけない。すると、ケガされたらチームとして終わり。でもベンチに置くのももったいない。素行の悪さや暴力行為でメディアから叩かれることもしょっちゅう。「スゴイけど、メンドくせえ」。彼はそんな、少し扱いづらい選手だったりもするのだ。

「俺を獲得するということは、フェラーリを買うということだ」

そう、僕を含め、彼に熱狂的なファンがいるのは、（プレーもそうだが）「名言」の数々。「敬意を欠くつもりはないが、世界最高のスポーツ選手なら、1位、2位、3位、4位、5位、すべて俺だろ」。こんな敬意を欠いた発言、ありますか？　これを平気で言えちゃうのが彼だ。他にも「アイツがサッカーボールで出来ることは、俺ならオレンジで出来る」「(奥様へのプレゼントは？　と聞かれ）何もない。彼女はもう、俺を手に入れている」「メッシは天才だ。（では、あなたは？）神だ」などと、普通に答える。雑誌の世界では、ここまで強気なことを言える人はいない。ましてやフリーランスなら、絶対こんなやつに仕事の依頼は来ない。でも心の奥底には、この「イブラ気分」を持っていないと生き残れないのも事実で。それを平気で表に出せてしまう彼が見る景色は、風も強いだろうが、見晴らしも素晴らしいだろう。僕も、業界の人が誰も来ないような汚《き》ったない居酒屋で、少しずつ言ってみようか（ただクダまいてるだけ）。

オーガニック・カフェにさよなら

岡本さんのブログを見て「中目黒のオーガニック・カフェが今日で閉店だ」ということを思い出し、慌てて友人のライターである、川端正吾と加藤マサルに電話をかけた。

僕にとって、オーガニック・カフェは大切なお店であり、この店の思い出は岡本さんの『リラックス』と、この友人二人との思い出でもある。

初めて行ったのは98年の夏。岡本さんが雑誌『リラックス』編集長に就任してすぐ、打ち合わせで「おととい出来た店があるから、そこへ行こう」と連れてってくれたのが最初だ。まだオープン間もない綺麗なお店で、デザイナーズ・チェアがたくさん置いてある（当時はイームズすらもあまり見かけない頃だった）。食事やお酒も美味しかったが、何より店員の女の子たちの、尋常じゃない可愛さに一番ビックリした。
まだ僕も22～23歳だったから、そのオシャレさと敷居の低さに、「世の中にこんなトコロがあるのか！」と感動して、それ以来、川端くんとマサルくんとともにオーガニック・カフェに通いつめることになる。

この頃は仕事にも、「何かスゴイことがはじまんのかもしれない！」という希望に満ちた期待と充実感でいっぱいだった。毎日が躁《そう》状態で、一言で言えば「青春！」みたいなコトになるのだが、あまり長くは続かなかった。

99年になってすぐに『リラックス』の休刊が決まり、僕たちは仕事をなくしてしまったのだ。3人とも、ライターといってもほとんどバイト感覚でやっていたから、『リラックス』以外の仕事をしたことがない。通っていた学校も中退（というか除籍）してたし、おまけに当時つきあっていたガールフレンドにも同じタイミングで別れをつきつけられて、正直、ドン底までヘコんでいた。自分たちの楽しい居場所はもう、オーガニック・カフェしかなくなってしまった。

だから毎日、オーガニック・カフェに夜な夜な集まって、ダークな気分を引きずりつつもバカ話をし、泥酔するまで飲み続けるという日々が続いた。

その頃の、オーナーである相原さんの優しさと、お店のアットホームな雰囲気にはずいぶん助けられた。当時の、考えるとキリのない不安と動かしようもない現実を和らげてくれたのは確実にこの店の（そして相原さんの）雰囲気だったからだ。だから、このお店は自分たちにとって大切な存在だし、知りもしないヤツらにこの店を「オシャレの象徴」みたいな感じでバカにされたりすると猛烈に腹が立つ。


やがて、みんなバラバラで仕事をしだすようになって、僕はなぜか、新しく入ってきた店員の女の子とつきあうことになって、夜な夜な集まることはなくなっていった。

同時に「中目黒系」という気持ち悪い言葉が生まれ、オーガニック・カフェには行列が出来、スタイリストだの、ファッションライターだの、某ショップの何トカさんだの、某ブランドの何トカさんだのといった、僕の苦手なタイプの連中が、他の客の迷惑を顧みず大声でバカ騒ぎするようになると（それでも相原さんは受け入れてた）、オーガニック・カフェにはあまり行かなくなった。その店員の女の子とは2年ほどつきあったが、その子と別れてしまうと、もう完全に行かなくなってしまった。

そして去年、たまたま仕事仲間の友人が「行ったことがないから行ってみたい」と言うので、3年ぶりぐらいにオーガニック・カフェに入ったら驚いた。壁や天井はタバコのヤニで真っ黄色、椅子やテーブルはガタガタ。いまだにファンタスティック・プラスチック・マシーンの『ラグジュアリー』のアナログ盤や『女性上位時代』のパンフレットがホコリを被って飾られていて、オシャレカフェとしては完全にアウトな状態となっていたのだ。

だが、そのオーガニック・カフェの、ボンヤリとした佇《たたず》まいはすさまじく魅力的に見えた。中目黒の狂騒的なオシャレ化に揺らぐこともなく、「中目カルチャー」だとかと言う人を高みから見下ろすような、老舗の風格すら漂っていたのだ。相変わらずゴハンはすごいボリュームで美味しく、さすがに尋常じゃないほど可愛い店員さんたちはいなくなっていたが、アットホームな雰囲気はそのまま。この店がいかにタフで、カフェは何を提供するのかという本質から、一切ブレていなかったことの証明のように感じた。

それ以来、以前ほどではないにせよ、月に1度くらいはまたオーガニック・カフェに行くようになった。

そして、オーガニック・カフェ最後の日。通常営業だったが、ものすごい数の人が集まっていた。僕らもあの頃よく頼んでいたメニューを注文し、久しぶりに相原さんや岡本さんとも乾杯した。相原さんは少し涙目でその場の客に感謝の言葉を言い、僕らも「何もなくなってしまった時に行く場所」だったオーガニック・カフェがなくなってしまうことに、センチメンタルな気分になった。

レコードショップのZEST、マキシマム・ジョイもなくなり、そこで、ここにきてのオーガニック・カフェの閉店（駅前の再開発による立ち退《の》きが理由だとしても）は、一時期の『リラックス』周りの「あのムード」に完全にトドメをさしたように感じた。さすがに30歳にもなると、「あのムード」を引きずっているわけではないし、悲しくはないけれども、寂しい気持ちはやはりある。

夜中まで客足は絶えることなく、僕らも久しぶりに長々と飲んだ。

やがて、ファッションの連中がまたバカ騒ぎしだしたので帰ろうとすると、当時つきあっていた店員の女の子がやってきた。彼女と会うのも3年ぶりだった。少しだけお互いのことを話した後、彼女は帰り際に「今度、結婚することになったの」と言った。

これはなんの話だ　～カウンターだけの店～

自宅のわりと近所に、出版業界の人がよく集まるカウンターだけの飲み屋があって、人見知りな僕は普段絶対に行かないのだが、数年ぶりにお仕事をした先輩の編集さん（50代）に「一杯、どう？」と誘われ、久しぶりに入った。すると案の定知り合いのデザイナーさんが来て、その人の連れが某Ｎｏ．１少年漫画誌、「あの雑誌」の編集さん。まだ20代の方で、映画化もされた有名作品を担当しているという。それを知ると、もうすでに酔っぱらっていた先輩が、「直角のマンガを連載しましょうよ」と言いだした。（こ、これはマズイ！）と僕は焦る。向こうは当然、僕のことなんて知らないし、そもそも天下の「あの雑誌」だ。どれだけたくさんのマンガ家志望者が、「あの雑誌」で連載することを夢見てがんばっているか。飲み屋のノリで連載が決まるような編集部じゃない。それに、「あの雑誌」は僕が描くようなマンガを必要としていない。僕も、「あの雑誌」で描くのを目指して、マンガを描いているわけではない。人にはそれぞれ、生息地域というのがあるのだ。「あの雑誌」の編集さんは、ふたまわりも年上の編集者、しかも初対面の人にムチャぶりをされて、困惑していた。「僕のは、あそこに載るようなマンガじゃないんで、ホント、気にしないでください！」とフォローを入れると、先輩は僕にブチギレた。「直角、このチャンスをみすみす逃がすのか⁉」。僕には完全にノーチャンスに思えるのだが、「お前はいつもそうだ。自信がない。そういうところがダメだ！」。熱を帯びる先輩の説教に、「あの雑誌」の編集さんも、僕にすごい申し訳なさそうになって、「あの、スマホアプリのコンテンツがあるんですけど、そこでカットとか描きますか……？」と、ムリヤリ仕事を探そうとしてくれる。その優しさがツラかった。なぜなら、(僕の画力を見たらすごいガッカリするよ) と思うからだ。一方、先輩はそれに対して「はあ？　渋谷直角をナメんなよ⁉　連載だ！」と荒ぶる。先輩がそこまで僕のことを言ってくれるのは嬉しいんだけど……、誰も得しないんですよ……。結局、なんだかんだで「俺はそんな小さな仕事はやらないよ」的な雰囲気で落ち着くという、「あの雑誌」に対して最悪の印象を残して終わりました。それ以来、その店には行ってません。

これはなんの話だ　〜喫茶店〜

10年前になるが、中目黒に突然「おさぼり喫茶・タンゴ」という喫茶店が出来た。昔ながらのショーケースがある、純喫茶風の外観なのだが、今のように「昭和レトロが素敵」みたいな方向性では決して作られていない、ちょっと微妙なセンスだった。店の前に置かれた黒板には、若い女性のかわいらしい手描きで「お仕事大変でしょ。今はタンゴでおさぼりおさぼり♡」と書いてある。お店に入ると、ドギツイ青の壁紙に紫のソファア。中目黒のカフェブームも一段落した頃ではあったが、次のトレンドとして絶対コッチではないことは明らかである。しかし何より目を引くのは、女性しかいない店員さんたちの格好だ。ボディコンの制服で、スリット入りの超ミニスカート。そして生足。席はすべて低いソファアなので、どうしても脚に目がいってしまう。なんというか、とにかく異常にエロいのだ。当然、客席はおサボり中と思しきビジネスマンたちでいっぱい。しかしここは風俗ではなく、れっきとした純喫茶である。酒もお触りもない。ただただエロい制服の店員の女性たちと、それをギンギンに視姦《しかん》している客という、異様な雰囲気の喫茶店だった。すぐにミクシィにコミュニティが出来、「お気に入りの店員トピ」やら「我々で店員のシフト表を完成させようトピ」などが立った。情熱的に書き込んでいるのは、おそらくみんな会社員。仕事中に何をしているのだ。いや、違う。「タンゴ」は、お洒落な街へと変貌していく中目黒に、肩身を狭くするビジネスマンたちのパラダイスなのだ。……やはりソッコー潰れたよ！

これはなんの話だ　～バック・トゥ・ザ・フューチャー～

10代の時、仲良くなった友人の家に初めて泊まりに行った。彼の実家は『まんが道』の時代か⁉　と思わせるボロボロの木造で、家にあがると彼の母親に「まず、お風呂に入って」と言われる。浴室は風呂のお湯がドロッドロで、大量の入浴剤で底が見えない。よく見ると、シャワーもない。どこでカラダを流せばいいんだろうと思っていると、友人が外から、「髪は台所で洗って」。なんと台所のシンクの、食器洗剤の横にシャンプーとリンスが置いてある。給湯器で洗うのだ。その後、友人の部屋が2階にあるというので一緒にあがると、外側のドアにカンヌキのカギがついている。「このカギって、ふつうは部屋の中についてるモノじゃないの?」と聞くと、「俺を閉じ込められるように付けたんだと思う」。その理由が意味不明で怖かった。部屋に入り、椅子に座ると、なぜか平衡感覚が狂う。「ああ、ウチ、柱が腐ってて傾いてるの」。友人はキャスター付きの椅子に座っていて、家具のどこかを常に手で押さえていないと、ズルズルと動いてしまうという。食事は7人の大家族。初めて長男が友達を連れてきたと、甘エビやマグロの刺身が豪勢に並べられ、子供たちのテンションが爆上がりしていた。でも母親が「直角くんに食べさせなさい！」と怒り、子供たち全員が僕を恨めしそうな目で……。今なら事情も察することが出来るし、感謝もするが、当時は僕もまだ悪ガキで、ただただ彼の家の環境の凄《すさ》まじさに引いてしまった。逃げるようにすぐ帰ったのだ。後年、あの時はゴメンな、と言ったら、友人は「いや、俺が『バック・トゥ・ザ・フューチャー』みたく過去に戻れたら、絶対母親を親父と結婚させない。俺が生まれなくなっちゃうけど、それでもいい！」と言われて、さらにドンヨリしてしまった……。今では彼の実家も、良い家に引っ越している。

これはなんの話だ　〜松本清張〜

松本清張が練馬区の石神井《しゃくじい》に住んでいたこともあって、石神井の某中学に通っていた僕の学年には、「松本清張の親戚だ」と言い張る「松本」姓のやつが3人もいた。完全にマユツバというか、本当だと思える根拠が一つもなかったのだが、たぶん彼らは、「(名字が同じだから)親戚よ!」的な親の冗談を、真に受けていたのかもしれない。また、中学の目の前には当時、俳優の松村雄基が住んでいるのでは?　とウワサになっている家があり、同じく「松村」という姓の同級生が「俺、親戚だぜ」「あの家は俺ん家《ち》の別荘」などと言う。休み時間に「どーせウソだろ」とからかっていたら、松村は変なヤツで、そのまま学校を出ていき、松村雄基が住んでいるとウワサの家に勝手に入っていって、車庫に置いてある軽トラックの荷台に乗っかってピョンピョンと跳ねだしたのだ。校舎の3階のトイレの窓から見ている僕たちに向かって、手を振る松村。その常軌を逸した行動に驚きつつも、「本当に、松村の親戚の家なのか……？」「でも、あの家が本当に松村雄基の家かどうかはわからないし……」と僕らも戸惑いはじめたその時、家の人が出てきて、松村に「一体、何をしてるんだお前は！」と怒鳴った。それが本当に松村雄基本人だったので、こっちは「うわあ！　本物だ！」とビックリ。結局、松村の親戚発言はまったくのウソで、単に知らない人の家、というか松村雄基の家に不法侵入しただけだと判明して、担任と校長先生に死ぬほど怒られた（なぜか僕まで）。のちに『笑っていいとも！』のテレフォンショッキングに松村雄基が出演した時、本人も「それで引っ越しました」とネタにしていたので、もう時効だと思う。

これはなんの話だ　〜シャーロック・ホームズ〜

　専門学校に入学してすぐの頃、ミステリーがあった。同じクラスのKという男が、突然学校に来なくなったのだ。Kの住むアパートには宮崎から上京したSという男も住んでおり、先生がSに「明日は必ず連れてこい！」と言った。すると、今度はSまで学校に来なくなってしまったのである。KとSは大の仲良しで、Sはソープランドのボーイのアルバイトをしていた。僕と友人のGは、「バイト先で、二人に何かあったんじゃないか？」と心配になり、ホームズとワトソンよろしく二人のアパートへ。すると、Kの家は既に表札がなくなっていて驚いた。一方、Sの家は玄関前に新聞が山積み。Sの部屋をノックしても返事がない。ドアポストにギュウギュウに挟まっている新聞を取り出して、そこから覗《のぞ》いてみると、横たわった足が見えた。さらに激しくノックするが、ピクリとも動かない。（し、死んでる……⁉）。Gが公園で長い木の枝を拾ってきて、ポストから差し込み足をつつくと、動いた。生きていたのだ。無精ヒゲを生やし、ゲッソリしているSに事情を訊くと、Sは宮崎の彼女と駆け落ち同然で東京に来たのだが、学校の美人女子にウツツを抜かしている間に、彼女をKに寝取られてしまった。バイト先のソープランドの店長にそのことを話すと「そいつは、俺がシメてやるよ」などと言いだして、Kに電話ですごんだらしい。それでKと彼女はビビってしまい、東京から逃げてしまったというのだ。そんなつもりはなかったのに。彼女と友人を同時になくしたショックで、Sはバイトも辞めてしまい、不登校になったのだという。焼酎ビンが散乱する部屋。電気とガスも止まり、食べ物はお好み焼きの素を水で薄めて飲んでいる、という。「そうだったんだ……」。僕とGが励まそうとすると、Sが「つらくて……」と言って顔が歪む。そしてお好み焼きの素を持ち上げ、「だってこれ、不味いっちゃよ〜」。僕とGは「え、そっち⁉」と思わず笑ってしまった。Sは楽しいヤツだ。彼がのちの、文化祭のスティーヴィー・ワンダーである。

渋谷という街　〜東急文化会館〜

渋谷ヒカリエのあるところは昔、「東急文化会館」という場所で、ブティックや映画館、プラネタリウムのあるレトロな建物だった。その屋上では、月1〜2回フリマが行われていて、高校生の頃は毎回通っていた。フリマとしてはすごく小規模。だが、代々木公園や明治公園のような、普通に骨董《こっとう》価格で売るような業者の店が一つもない。素人の、若い人ばかりが出店しているので、値段も安く、欲しいものを見つける可能性が高い。お金のない若者にはかなりの穴場だったのだ。

そこで、ビールケースにぎっしり、レコードを詰め込んで売っているお兄さんがいた。高校生の僕は音楽の知識などあまりなく、でも詳しくなりたくて、電気グルーヴの本や『宝島』のおすすめレコード紹介を見て買っていた。ブックオフもほとんどない頃なので、CDは中古でも高い。だから、バザーやリサイクルショップで20

0～300円で買ったベタなレコードばかり集めていた。親戚からもらったレコードプレイヤーで。

お兄さんが出している、ビールケース10箱にも及ぶレコードを見ても、ディスコばかりでほとんどわからない。それでも見ていくと、クラフトワークのアルバムが出てきた。『コンピューター・ワールド』と『ザ・ミックス』。まずバザーじゃ手に入らないレコードだ。やった、と思って取り出すと、お兄さんが「テクノっぽいのが好きなの？」と聞く。「はい。でも詳しくないんです」「じゃあねえ……」。お兄さんはビールケースを探して、レコードを数枚選んでくれる。「この辺も面白いよ」。出してくれたのは、ザ・フライング・リザーズとブライアン・イーノ。全然知らない。一律500円なので、その4枚を買った。帰って聴いてみると、すぐ気に入った。ある日レコファンに行ったら、ザ・フライング・リザーズは3000円。「あのお兄さん、スゴいんじゃゃ……？」。

以来、東急文化会館のフリマにお兄さんがいる時は、真っ先に見に行った。たくさんオススメを教えてもらい、買って帰る。テクノに限らず、ザ・スタイル・カウンシル、プライマル・スクリームの初期の12インチ。ザ・スリッツのアルバムやラー・バンドもあった。知識をつけるほど、お兄さんに聞けば「ああ」と軽く答えて、出してくれる。今考えても夢のような出店者だ。音楽に関しては、高校生の自分に一番影響を与えた人かもしれない。

東急文化会館のフリマでは、1度だけ、女の子にナンパされたことがある。突然「友達になってください」と言われたのだ。ベリーショートの、背の高い女の子だった。連絡先を交換して、後日、井《い》の頭《かしら》公園を二人で散歩した。でも、僕はこういう時に、何を話せばいいのかまったくわからない。あまり盛り上がらず、2時間ほどで別れた。その子とはそれっきり。僕はまだ、童貞だった。

渋谷という街　～喫茶店について～

編集さんとの打ち合わせが渋谷の時、困るのが喫茶店だ。大抵、渋谷マークシティ内、渋谷 エクセルホテル東急5階の「エスタシオン カフェ」を指定されることが多い。確かに渋谷駅構内から出ずに行ける喫茶店だから便利なのだが、ただココ、みんなも打ち合わせ場所にするから、絶対入れない。僕との相性が悪いのか、ほぼ100パーセントの確率で「只今《ただいま》、満席で……」と言われ、レジの外に並ばされる。ヒドイ時は30分以上待つので、並んでる間に打ち合わせが終わっちゃったりするのだ。僕は人見知りなので、話すことを話したら家に帰ってゲームとかしていたいタイプだから、打ち合わせが終わった後も「せっかく並んだんで……」的にコーヒーを飲むことになると、話すことがなくて相当困る。ラーメン屋ですら並ぶのがイヤなのに、コーヒー一杯飲むために並ぶなんて、とても理解出来ない。

かといってQフロントのスタバで窮屈な思いをするのも苦手だし、「SOMA CAFE」や「RESPEKT」みたいなスタイリッシュなカフェ、「茶亭 羽當」などの歴史あるシブイ店も良いが、同じ業種の人が隣になることも多く、どーにも落ち着かない。「ちょうどいい」のがいいのだ。オシャレさも、そこまで旨《うま》いコーヒーじゃなくてもいい。小粋な内装やBGMもいらない。ある程度座り心地が良くて落ち着けて、隣に業界人があまりおらず、適度なコーヒーが飲めれば、打ち合わせをする喫茶店はそれでいいのだ。その「ちょうどいい」喫茶店が、渋谷には足りない。

だから、道玄坂《どうげんざか》の「トップ」が一番落ち着ける。モスバーガーとロイヤルホストの入ってるビルの地下、牛タン「ねぎし」の向かい。「昔ながらの普通の喫茶店」感が居心地良くて、ラクだ。「レトロでかわいい」的な要素すらないのもむしろ頼もしい。でも駅から割と歩くし、スクランブル交差点からSHIBUYA109横の、人ごみを通るストレスが長く、この感じで、もっと駅の近くにあればいいのになあ、と思っていた。

それで意外と良かったのが、「星乃珈琲店」。場所は109MEN'Sの中。Qフロントの向かいという駅の近さ。これならスクランブル交差点の人ごみを越えればすぐに辿り着ける。分厚いパンケーキが名物らしく、おばちゃんたちがよく食べている。都内に数店舗あるチェーン店だが、１０９ＭＥＮ'Ｓの喧騒《けんそう》とのギャップからか、ほのぼのとした雰囲気が落ち着ける。僕にとっては渋谷で一番、打ち合わせに「ちょうどいい」喫茶店だと思う。ただ、最近は混雑するようになってしまい、若干使いにくくなった。

あと、モアイ像側、東急プラザ跡地の近くにある「珈琲専科　カフェ・ド・レペ」もいい。こっちは完全にビジネス仕様な感じの喫茶店。喫煙率が高くどこか怪しげな客層で、みんな何かの打ち合わせやら面接やら勧誘やらをしている。編集さんが男性の時は、ここでエグ〜イ裏話をしながら下品に打ち合わせをすると楽しい。

ちなみに、打ち合わせでは絶対使わないのがマークシティの近く、「珈琲の店　パリ」。正にレトロな「純喫茶」でかわいらしいのだが、入った時から「ここで仕事の話は、一切したくないな」と思った。だって「パリ」にいるんだぜ？　誰も誘わず、一人で休憩するためだけに行く店だ。

渋谷という街　～レコード屋狂奏曲～

90年代の渋谷はレコード屋がたくさんあって、タワーレコードやHMV、クアトロWAVEなどの一等地以外でも、その辺の雑居ビルにまで小さなレコード屋がウジャウジャと繁殖していた。96年度版の『レコードマップ』という本を見てみると、渋谷はレコード屋だけで42軒。「東急ハンズ」周辺だけで12軒もある。ハンズの向かい、今は「日高屋」になってるビルの2階にあった「ウルトラ」などは、ビルの前の道に「ウェルドン・アーヴァイン奇跡の再発、入荷！」なんて、大事件のように書かれた立て看板が置いてあり、それをBボーイがガン見したり、コギャルが素通りしたりしていた。その「ウルトラ」自体、渋谷に4店舗もあったから、すごく儲《もう》かっていたんだろう。いかに異常な時代だったか。

高校から専門学校の頃の僕は、バザーで買ったスティーヴィー・ワンダーの『ファースト・フィナーレ』というアルバムでソウル・ミュージックにも目覚め、70年代ソウルのレコードも集めていた。だが、時は「フリー・ソウル」ブーム。中古盤は尋常じゃない高値が付けられていて、ディスクユニオンで安いのをなんとか探すか、ウルトラで音の悪いジャマイカの再発盤を買うしかなかった。また、シスコではデリック・メイの初期12インチが一斉に再発。ブリット・ポップのブームも来てたので、オアシスやスーパーグラスの7インチはHMVやZESTで。クアトロWAVEでは、ソルト・ウォーター・タフィー、エタニティズ・チルドレンなど、ソフトロック激レア盤のデッドストックがこっそり入荷されてるので気が抜けない。ザ・パーフェクト・サークルやイエロー・ポップまで見だすとキリがなくなる。でも全部まわって、買ったり、買えなかったりした。悪食。ノンポリ。好きなジャンルなんて特にない。ただ消費していく時代。「たくさん持ってる」とか「なんでも詳しい」のがカッコイイ、と思い込んでいた。

パルコブックセンターと「まんだらけ」にも寄る。サブカルチャーの新刊や雑誌、マンガの古本を探すのも楽しい。「充実した日」というのは、大体こんな感じだった。

複数のレコード袋からレコードを出して、ディスクユニオンのビニール袋に詰め替える。ディスクユニオンの袋は黒いから、何を買ったか外目にはわからないのだ。山手線から西武新宿線に乗り換えて、新所沢まで帰る。車窓の風景が変わっていくと、だんだん不安になる。一体、自分は何がしたいんだろう？　こんなにレコード買って、意味があるのか。お前にマンガや文章の才能はない、と父親にも断定されている。サラリーマンもムリだろう。ジワジワと溺れていく感覚。それを振り切るように、家に帰って聴くこのレコードが、もしくはこの本が、自分に何か、新しい希望をもたらしてくれるのでは、と信じた。その繰り返しだ。馬鹿だったから。

渋谷という街　〜ごはんはなし崩せ〜

喫茶店には「ちょうどいい」具合が欲しい、と書いたが、ごはんを食べる時は、もっと消極的な気分になる。「もう、ここでいいんじゃないか」と、なし崩し的に入る店を求めるのだ。なにせ、夕食時の渋谷で、誰かと何かを食べる行為は大変だから。美味しいと評判のお店はどこも満席。こんなにお店があっても、どこも何分か待ち。予約でいっぱい。一人なら吉野家でもなんでもいいんだけど。

岡本さんのツイートでもよく出てくる「アヒルストア」みたいなお店も、「きっと、すごく美味しいんだろうな」と憧れるけど、「渋谷の美味しい店で食べる」ための手続きが面倒くさくて、一度も行ったことがない。予約しなきゃ、何時に行かなきゃ、松濤《しょうとう》まで行って、帰りはまたあの人ごみに戻らなきゃ、とか、そういうことを考えだすと、ならば「もう、ここでいいんじゃないか」と、なし崩し的に入れる店の方を選んでしまう。でも、それが不満というわけじゃなくて。

さすがにチェーンの安居酒屋だとテンション落ちるけど、「ちょっと、食にはこだわってますよ」的な雰囲気の居酒屋なら、僕はチェーン店でも充分、満足出来てしまうのだ。

僕の「もう、ここでいいんじゃないか」というお店は、今のところ少ない。「麗郷」という台湾料理屋。駅から近いし、広いからいつも入れる。ピータンとシジミ、腸詰めが食べられれば、充分幸せな気持ちになれる。

居酒屋「奈加野」。宇田川交番の裏手すぐのビルの2階。お刺身と煮付けでダラダラ飲む。満席で入れない、ということが滅多にないので重宝する。

カレーの「ムルギー」、ベトナム料理の「ミス・サイゴン」。百軒店《ひゃっけんだな》商店街にある「たるや」というお好み焼き屋は、ジャズの偉人たちのポートレートがたくさん飾られているが、オシャレとは縁遠く、ものすごい昭和テイスト。いつもガラガラ。

ほとんどはベタというか、割と有名なお店だ。本当はもっと美味しい店、もっと居心地良い店が、たくさんあると思う。でも、大事にしているのは「ここでいいんじゃないか」感で。そのためにわざわざ新規のお店を探すのもちょっと違う。誰かに連れてってもらい、気に入ればそれでいい。渋谷ではこだわりをなくす。なし崩しを大事にする。それがストレスなく過ごす方法だ。「こだわらないことにこだわる」という姿勢が、渋谷という街では大事なのだ。

こう書くと、さも悟ったことを言っている風に感じるかもしれないが、きっかけは単純である。偶然入った「漁十八番」という居酒屋に、某アイドルにそっくりの超絶可愛い店員さんがいて、男同士だとすぐ「あの店にしよう」「まじビックリするよ」と行くのだが、男はみんなそう思っているのか、いつも満席で入れず、だんだん腹が立ってきたからだ。「渋谷にはもう、何も期待しない！」。それで生まれた考えなだけです。

渋谷という街　～裏DVD屋での後悔～

『リラックス』という雑誌でライターをやっていた時、同じくライターをしていたTくんと、編集者のRくんの3人で、渋谷の裏DVDを売っているお店に買いにいったことがある。何かの打ち上げか、何かのパーティの後に。スノッブなパーティのノリに疎外感を覚えたのだろう。

正直、僕はAVにあまり詳しくなかった。……というと聖人ぶってると思うかもしれないが、単にエロマンガの方が好きで、AVを観ることが少なかっただけ。だから、エロDVDを自分で買うのは初めての体験だった。ましてや無修正なんて。

渋谷マークシティの周辺。ラーメン屋と焼き鳥屋が多いあの一帯に、そういうお店がたくさんある。Tくんと Rくんは慣れた様子で、「あの店が充実している」などとスイスイ歩いていく。そして、地下にあるお店に入った。

店内にはドーンと大きなテーブルがあって、その上にはパンパンに膨らんだファイルが数冊と、紙とペンが置いてあるだけ。肝心のDVDはどこにもない。
「このファイルから、欲しいのを選んで、品番を紙に書いて店員に渡すんですよ」とTくんが教えてくれる。さらに、「一人ずつ1枚買うより、6枚で1万円になって割安だから、一人2枚ずつ選ぼう」とRくんが言う。紙を渡すと、店員が奥からDVDを持ってくるシステム。

店員のイカツイおじさんが「閉店10分前だから、早く決めてよ」と急《せ》かす。みんなで慌ててファイルを見る。中にはAVのジャケットと概要が書かれた紙がたくさん。でも、僕はどれがいいのかわからない。結局、女の子のルックスで選ぶしかなかった。Tくんと Rくんが選んだ紙を見ると、店員のおじさんが「良いの選ぶね」とニヤリ。僕が出した紙は一瞥して、何も言わなかった。どうも、良いセンスじゃなかったらしい。

おじさんが若い店員に紙を渡す。商品が来るまでしばらくの間、3人でファイルの続きをパラパラ見ていた。すると、ジャケットに見覚えのあるイラストが描かれている。

「えっ?」。それは、僕の絵だった。『リラックス』に描いていた、「リラックスボーイ」というマンガのコマと、生々しい女の子の写真を切り貼りして、「女子●生●才　渋谷　援交」と描かれたジャケット。まさかこんな所で、自分の絵に出合うとは! もちろん無許可。だが、これは嬉しい。人によっては怒るのかもしれないが、僕はこういうものが大好きなのだ。欲しい!「す、すいません、注文変えたいんですけど……!」とおじさんに言ったが、「あ? もうダメだよ!」と凄まれた。結局、その日は買えずじまい。次の日一人でその店に行こうとしたが、あの複雑な場所は、TくんとRくんがいないと見つけられなかった。そしてすぐに、摘発を受けたのか、その店はなくなってしまって、結局、僕はあのDVDを手にすることが出来なかった。これが渋谷で、今でも後悔していることの一つだ。

渋谷という街 〜ハリランと代官山〜

母親は岐阜に住んでいて、年に何回か東京に遊びに来る。で、来るたびに、妹と3人で代官山に行くことが多い。

正直、今の代官山は寂しい街だ。代官山アドレスだとかラ・フェンテ代官山だとか、八幡通りをやたらキレイにしたのにも拘わらず、結局人が減って、空きテナントばかりのビルが並んでいる。ただ、「オシャレな街」のプライドに必死にしがみついてるように思えて、物悲しい。それでも母親が、今でも代官山に行きたがる理由は、「ハリウッドランチマーケット（ハリラン）」があるからだ（2011年からは、蔦屋書店が出来たので韓流ドラマのDVDを借りるのもセットになった）。

母親の、ハリランへの信頼感はすごい。僕も小さい頃から、ハリランに連れていかれてた記憶があるし（子供的にはつまんなかったが）、「前に行った時、サザンの桑田くんがいたんだよ！」という話は何十回も聞いた。家に置いてあった昔の『ポパイ』や『オリーブ』でも、代官山特集の1番目に紹介されているのはこの店だった。その刷り込みゆえか、僕も妹も、今もずっと、「ハリランはヨイものだ」という認識がなんとなくある。

このあいだも母親が来たので、3人でハリランに行ったのだが、あらためて「確かに、この店って昔から全っっ然変わんないよなあ」と思った。あのアメカジっぽい、「H」「R」「M」のアルファベットをあしらったTシャツやニット。「MOTHER NATURE」のトート。お香の匂い。ザックリとペンキで塗られた、店の横のベンチ。あまりファッションの仕事をしないからわからないが、おそらくハリランは「今イケてる／今イケてない」とかを超越した、「もう、こういうものだ」的な不動のポジションのお店になってるんじゃないか。そのくらい、印象の変わらなさがスゴい。

もちろん「変わらないために、ものすごく変えている」部分もたくさんあるだろうし、そのためには強靭《きょうじん》な「ブレないポリシー」が必要で。でもそれを実行し続けるのはめちゃくちゃ難しい。若者と60代の母親が同時にハリランに行きたがるのは、それだけ今の時代に合わせて変化しつつ、ポリシーを引き継いでいるからだろう。母親、楽しそうに見てるもん。まあ、ハリランも僕に評価されても嬉しくないだろうが。

それとともに、いくら年をとっても、その街に行く時に心の拠《よ》り所となるようなお店って大事だよな、とも思った。もしも代官山からハリランがなくなったら、僕の母親に限らず、みんなものすごく寂しい気持ちになるんじゃないか。そんなに買い物してこなかった自分でも、ハリランがなくなったら、「ちょっとそれは、どうか」という気分になる。

僕も、いつか心の拠り所となるお店があるだろうか？　と考える。「ブックオフ」と「まんだらけ」しか思い浮かばない。う〜ん……。

渋谷という街　〜渋谷系には入れなかった〜

フリッパーズ・ギター、ピチカート・ファイヴなどといったバンドによって、90年代に「渋谷系」というブームが生まれた。ソウルやジャズ、ボサノヴァといったサウンドにアプローチしながら、60年代の映画やデザインを模倣したアート・ディレクション。それまでのバンドマン的な格好とはまったく違うファッション性。大雑把に言うと、そういったところが支持されたムーブメントだ。僕も例にもれず、そういうバンドは好きだったのだが、渋谷系のファンの人たち、フォロワーの人たちに対してはどうも違和感があって、馴染めなかった。

僕は渋谷系というのはもっとパンキッシュなもの、精神性のものだと思っていたのだ。それまでのバンドブームへのカウンターだったり、長髪、革ジャンといった旧態依然としたスタイルへのアンチテーゼとして、ああいうオシャレな振る舞いをしている。そう見える。それがカッコイイ、と。それを最初にするからカッコイイのであって、そこをマネたバンドが出てきても違うんじゃないか、と。渋谷系に限らず、ＨＩＰＨＯＰも、テクノを啓蒙しようとしていた当時の電気グルーヴも、そういうレベル・ミュージック的な部分に憧れていたのだ。ピチカート・ファイヴの小西さんのインタビューを読むと、もうコンプレックスの塊のような人。それがあんなオシャレなことをする。そこがたまらなくカッコイイ、と。

でも、多くの渋谷系ファンの人たちはどうも、そのオシャレな部分だけに反応していた。「オシャレだから好き」とまで言うのだ。いや、違うんだ、と。アニエスベーを着るのが大事なんじゃない。革ジャンまみれのところにアニエスベーを着ていくからカッコイイんだ、と。見た目じゃなく、志の問題なんだ、と。まあ……、要はメンドくさいヤツですよ。

僕らのＤＪイベントは、渋谷系イベントがよく行われている小さなクラブでやっていた。僕らのイベントでも、ソウルやジャズがかかっていたが、チンチン出して陰毛燃やしたり、下品なコントをやったりすることも多かった。オシャレなだけ、が一番イヤだったのだ。別に、チンチン出すのが面白い、とかじゃない。両方の価値観を見せないと、自分にウソをついてる気がしたのだ。カッコイイ洋楽も、ベタなJ-POPも、洋服も全裸も両方好き。そのことに忠実であろうとしていただけ。アンチ・オシャレみたいな価値観も結局裏返せば同じ穴だから、カッコ悪いと思っていた。

だが、やる度に客が減っていく。渋谷系ファン、フォロワーの人たちにはただヒンシュクを買うばかり。僕らは「お前らの方がダセーよ！」なんて言ってたが、結果的に客が来ないんじゃ、ただの強がりだし、虚しいだけだ。

ある時、大学生の集団が気まぐれに入ってきた。渋谷系的なものにもまるで興味なさそうな大学生たち。しかし、ものすごいウケる。踊る。友人がチンチンを出すと、フロアは爆発した。初めてイベントっぽい雰囲気になった、と満足したのも束の間、友人と顔を見合わせ、気づいた。「ウチらのイベント……、ただ、コンパノリなだけなんじゃないか……？」。

渋谷という街　～オルガンバーでイベントをやっていた頃～

ただのコンパノリなんじゃないか、という問題は見て見ぬフリをして、イベント自体はその感じのまま続けていた。ただ僕は、DJイベントをやる上で、致命的な問題があった。

レコードをつなげないのだ。

DJの一番基本的な、ピッチを合わせてミックスする作業。これがいつまで経っても出来なかった。四つ打ちのベタなハウスですらつなげない。要は、もんのすごく才能がなかったのである。

それでも集客少ないしコンパノリだしで、なんとかごまかしごまかしだったのだが、僕のライターとしての認知度が上がっていくと、少しずつ集客が増えてくる。さらに「直角はDJやるらしい」と、いろんなところからオファーが来るようになった。しかもリキッドルームとかＺｅｐｐ Ｔｏｋｙｏとか、大箱での出演依頼。僕のＤＪを見てもいないのに。だから「そ、そんな良いモンじゃないんです！」と大抵は断るのだが、断りきれないものもあった。こんな、つなげもしないＤＪをやって、イベントのノリを悪くしたり出来ない。ド下手のくせに調子に乗ってる、と思われても困る。「ああ、スキャンダルを抱えたアイドルってこんな気持ちなのかな……」などとよく思った。

次第に、イベントへの気持ちは冷めていった。「僕がＤＪやってても、困ることばっかりかも……」と思いはじめたのだ。そこで「じゃあ、ＤＪ上手くなろう」と一切思わないのが、僕の良いところ。

そんな頃に、取材で会った須永辰緒さんから「オルガンバーでレギュラーやりなよ」と誘われた。辰緒さん、クボタタケシさんはじめ、錚々《そうそう》たるＤＪのイベントが並ぶ有名クラブに、僕らみたいなコンパノリが名を連ねる。それはカウンター的で面白い、と思った。僕も月一で友達とバカをやる場所があるのは嬉しい。

ただ、僕はもうＤＪをあきらめていたので、人がいないオープンすぐの時間にまわすか、コントをやるかで、あとはお客さんと飲みながら話すホスト的な役割に徹していた。色々なことがあったし、辰緒さんやオルガンバーの人たちはみんな良い人で楽しい思い出だが、集客はやっぱり厳しくて、2年ほどでイベントは終了した。それ以降10年ほど、自分が主催のイベントはやっていない。

ただ、2011年はそのイベントからちょうど10周年ということで、オルガンバーで1回だけ復活することにした。「やること変わらず、でも老けてる」というだけのテーマで臨んだが、尋常じゃないほどの集客があり、お店からお客さんが溢れる事態になった。みんなで「こんなの、ウチらのイベントじゃないよ！」と驚く。時代が追いついた？　よくわからないが、その夜はすごく嬉しくてベロベロになってしまい、途中から記憶も飛んで、僕だけ何もしないまま、気づいたら終わっていた。10年前よりヒドい。あの時のお客さん、ゴメン……。

ストレスなく生きるには

現代はストレス社会です。うつ病とか、二人に一人はなっちゃうんでしたっけ？もう「精神的に弱いからだ」とかで済ませられるレベルじゃないですよね。明るい兆しを見つけにくい世の中ですし、ツイッターやフェイスブックでの人間関係なんかも、つながりすぎることでカンタンにストレスに変化するでしょう。同調圧力とか。そういうのが積み重なり、気づかないうちにドンドン病んでいってしまう。心の病はホント、風邪とかニキビとかと同じレベルでつきあっていかなきゃいけないモノになっちゃってますよね。世知辛い。

「こうすれば良い」とか一概には言えないですし、震災がきっかけでそうなった人も多いなんて聞くと、なかなかウカツなことも言えないですけど、ちょっとした時のメンタル・ケア、悩みとか不安な時に良い方法を、僕は知っています。これを特別サービスで、お教えしましょう。

「お寿司のことを考える」

コレです。ツラい時はお寿司を思い浮かべると良い。お寿司のパワーはスゴい。なにせウマイ。「ウマイもんなあ、アレは」「あんなウマイものはなかなかないぞ」「お寿司を否定できる部分……、ないなあ」などと考えているうちに、自然とニヤケている自分に気づくのです。

さらに、「よく見ると、カタチもちっちゃくてかわいいよな」「いつも2貫セットなのも、恋人同士みたいじゃない？」「回転寿司でもぜんぜんいいな」「あんなにかわいくてウマイもんが、流れて回転してるなんて、まるでファンタジーじゃないか⁉」「イッツ・ア・スモールワールド！　ディズニーいらず！」なんて考えだすと、すごく気分が良くなり、楽しい気持ちになれるんですよ。なりませんか？　なるでしょ(同調圧力)。世の中にはいろんなイデオロギーや価値観がありますが、お寿司ほど文句のない「正義」は、他にありません。

これ、カレーとかタイ料理でも考えましたけど、お寿司が一番良い気分になります。やっぱブレない、お寿司は。ＴＰＯを選ばない。もしも、お寿司のことを考えても楽しい気分にならないほど落ち込んでいたら、もっと良い方法もある。

お寿司、食べにいけばいい。

お寿司のことを考えて、お寿司を実際食べる。なんと幸せな行為でしょう。できれば好きな人や友達と行くと良い。心身ともに満たしてくれる、あんな完璧な食べ物は他にないです。値段が高い？「正義」ってのは高くつくんですよ（↑弘兼憲史先生の言葉）。

僕はいつも、「困ったなあ」と思うことがあると、お寿司のことを考えて気分を切り替える。誰かが悩んでる時にも絶対、「お寿司のことを考えればいいんだよ」とアドバイスしています。

まあ、大抵、「やっぱこの人、アタマが……」という目で見られますが。

校正のナックさん

雑誌の仕事場には編集者、ライター、デザイナーの他に、「校正者」という人がいる。誤字脱字や、事実関係や単語の間違いを最終確認してくれる役割だ。編集者やライターの確認だけだと絶対、どこかに誤字脱字が生まれる。勘違いや事実誤認もある。それを「これは正しいのか？」と疑問を投げてくれるのが校正さん。校正さんがいることで、出版するものがほぼノーミスになる。間違いの多い本や雑誌、すごく萎えるじゃないですか？　ウェブのように後からの修正が利かない分、責任持って出すためには校正さんの存在は大事だ。今は余裕がなくて、校正さんを置かない編集部も増えてると聞きますが。

『リラックス』編集部の校正は「ナックさん」という人がやっていて、アラーキーのような、横の髪を立たせてるのが特徴の、年配の御仁だった。この人がもう、いろんなことに詳しい。60年代からのカルチャーはもちろん、現在のストリート・アートや音楽、作家、スポーツ、様々なことを知っている。ナックさんが投げてくる質問も鋭いものばかりだった。編集部自体に対する目も批評家的で、冷静で厳しい。僕が『リラックス』でイケイケだった時も、突然「直角の時代はそろそろ終わるよ」などと言ってきて、すごい怖かった。「磯部涼ってライターがスゴいよ。僕は今一番注目してる」。そ、そんな人が出てきたのか、と思って慌ててチェックしに行った。磯部涼さんは確かに筆力もインタビュー・スキルもある優れたライターさんだが、僕とは全然スタイルが違うので、「ああ、良かった。これなら棲《す》み分け出来るわ」と安心したものだ。まだ磯部さんも著書を出す前。ナックさんはそんな、他の雑誌で書いてる一ライターのことまでチェックしてるのか、と戦慄した（なんで僕と比べたんだろう？とも思ったけど）。

2002年、ナックさんと国立代々木競技場にジーコジャパンの初戦を観に行ったことがあった。編集部にチケットがあって、サッカー好きな僕とナックさんが行くことになったのだ。行きの電車で僕が「ウチの親、雑貨屋やってたんですよ。すぐ潰れましたけど」となんの気なしに言ったら、「なんて店？」「パダンパダンっていう……」。するとナックさんが驚く。「君はあの店の息子さんだったのか！」。僕も驚いて、「え、知ってるんスか？」「あの店よく行ってたよ」。もうね、4～5年しかやってない新所沢のお店のことまで知ってるとか、この人どんだけだよ！　と恐怖すら感じましたよ。

それだけすごいナックさんだから、今は『ギンザ』『エココロ』などの校正を任されている。スタッフの安心感はスゴいだろう。でも僕は、ナックさんに本を書いてほしいと思っている。『俺が直してきた雑誌たち』みたいな。あの知識と批評眼で数々の雑誌のことをどう見てきたか書いたら、絶対面白いと思うんだけど。

小室哲哉のコンプレックス

松濤にあるBunkamuraは、地下に「ドゥ マゴ パリ」というオープンカフェがあって、いつも上品そうなおばさまたちがお茶をしている。天井が吹き抜けになっているので開放感があり、僕はめったに利用することはないが、好ましい場所だ。むしろ、Bunkamuraで利用するのは「ドゥ マゴ パリ」の奥にある「Bunkamura Studio」。高そうなレコーディング・スタジオで、ミュージシャンのインタビューの時によく行く。今年はここで、小室哲哉の取材をした。雑誌『アンアン』の、3ページのロングインタビューだった。

僕は小室哲哉にそこまでドップリハマったことはない。でも90年代のあの勢いは嫌でも生活に入り込んでくるものだったし、安室奈美恵『ドント・ワナ・クライ』とか華原朋美『ヘイト・テル・ア・ライ』は好き。その程度のレベルで少し申し訳なかった。

そんな僕でも、小室哲哉の発言には凄まじく興奮させられた。あの圧倒的なブームの中で、本人は「とにかく虚ろな時期」「誰かのビジネスのために僕の音楽があることが苦痛だった」「自分の意思ではもう降りることが出来ない渦の中でがんばったけど……」「どれだけやっても、〝どうせお金なんだろ？〟と思われることが辛いと思っていた」などと言うのだ。

さらに興味深かったのは、自分の音楽に、どこか自信を持てていなかったところ。リスペクトしている冨田勲にも「僕の音楽を良いと思ってないんじゃないかと思って、会うのが怖かった」「六本木のキャンティに憧れていたが、僕みたいなのは行っちゃいけないと思っていた」「藤原ヒロシ君や渋谷系の人たちにも仲間に入れてもらえない感じがしていた」などと言う。あれだけチャートに自分の曲を送り込んで、ミリオンを連発し、プロデューサーという概念を一般的に浸透させた男なのに、「一音楽家として認めてもらいたい」というコンプレックスの強さは相当だったのだ。

だけど、ブームも収束し、スキャンダルを乗り越えた今は、本当に自分のやりたい音楽をやっていて楽しい、という。音楽家としての矜持《きょうじ》をようやく感じられている、とばかりに笑顔を見せる。

良いインタビューになった。これにシンパシーや好感を持たない人は少ないだろう。規模は全然違えど、僕もいわゆるカルチャー系ライターの人たちに「マガハ系」「うまくやってんな」と揶揄《やゆ》されたりすることが多いので、余計にそのコンプレックスに感じ入る部分があった。今のこの、裸一貫の小室哲哉が大好きになったし、応援したいと思った。僕らと変わらないじゃん、同じじゃん、と。

取材終わりで、担当編集者が言った。

「小室さんが今日着てたセーター、○○万円するヤツだったたね」

……や、やっぱり「同じ」は言いすぎだった。

オーケンに感謝する

ツイッターだかタンブラーだかで誰かが言っていた、「小5、中2、高2の時に夢中になったものは、後の人生に必ず影響してくるし、再び夢中になる」的な説があって、それは確かにあるかも、と考えさせられた。僕の場合、小5の時は『コロコロコミック』に夢中だったし、中2の時はお笑い、ダウンタウンに衝撃を受けていた。で、高2の時は電気グルーヴなり『宝島』やマガジンハウスの雑誌なりと色々あったけど、今思うと一番は、大槻ケンヂと筋肉少女帯だったのかもしれない、と思った。

高校生の時の僕は暗くて孤独だったので、オーケンのエッセイがフィットして、夢中になって読んだ。モラトリアムと自己顕示欲、でも、どうにもダメな自分を笑う軽い文章。オーケンの書く詩もすごく好きだった。『リンウッド・テラスの心霊フィルム』という彼の詩集。中でも、「何処へでも行ける切手」という詩を初めて読んだ時の衝撃。

この詩の世界はファンタジックだ。怯《おび》えた男が差し出した、紅茶の染みた切手。これさえあれば郵便配達の鞄に潜み、何処へでも行ける……という行き場のない現状にもがいている気持ちが描かれ、また「いたずらをして捨てられてしまった子供たちの楽団」という幻想的な描写が、バンドへの愛情と執着を感じさせる（僕の解釈だから、正しいのかは知らない）。そして、詩の後半は「神様からおまけの一日をもらった少女」が登場する。真っ白な包帯を巻き、部屋から出ることのないままの少女を、神様は不憫《ふびん》に思い、少女を切手にして、何処へでも行けるようにした……という感動的なクライマックスを迎える。しかし、問題はその直後。

「切手は新興宗教のダイレクトメールに貼られ／すぐに捨てられ／その行方は／誰にももうわからない」

これで終わってしまうのである。なんて救いのない歌なのか、と当時の僕は驚いた。美しい物語のままでは決して終わらせない無常観。オーケンは孤独ぶることも許してくれない。「ダメなものはダメ」「主観だけでは生きられない」というオーケンの考え方は、高校生の僕に強くインプリントされてしまった。

僕が描くマンガは、色々賛否があってそれ自体有難いのだが、よく「へコむ」「怖い」などと言われる。主人公はこう思う、でも世間からはこう思われたりする。「幸せだ」と感じる、でもそれをイヤな目で見る人もいる。その両方を描いてしまおうとしがちで。確かにコレ、オーケンイズムかもしれない、と思った。主観と客観を交互に見てしまう感覚。ツイッターなどでも同じ。災害でも選挙でも、「声の大きい人」や「正しいことを伝えようと煽る人」に対して、「ホントにそれは正しい？」「反対からもちゃんと見てる？」というブレーキがいつもかかる。そうするとけっこう胡散臭《うさんくさ》い情報だったりする。僕はオーケンに感謝している。

「プロ」に溺れるな

今でも神泉《しんせん》のあたりを歩くと、なんだか不安な気持ちになる。神泉で夜な夜な飲んでいた時期のことを思い出すからだ。旧山手通りに「Ｂｕｃｈｉ」という立ち飲みのバーがあって、その店の近くに事務所があったライターの川端くんと、駅前に住んでたデザイナーの水島己《おのれ》くんの３人でよく飲んでいたのだ。『リラックス』がリニューアルして、「もう方向性が違うので」と追い出され、いろんな雑誌で書いてはみたものの、なかなか上手くいかなくて、「このまま、普通のライター仕事だけになっていくのだろうか」と、漠然とした不安を抱えていた頃だ。

僕は割と文章のアクが強いタイプなので、出来るならその個性を出す形で書きたい。『リラックス』ではＯＫだったが、他の雑誌で仕事をすると、その個性はあまり許されなかった。有名なライターになれば許されるが、僕はまだ、そこまで書き手として認められてるワケじゃなかったんだな、と、他の出版社で仕事をして気づかされたのだ。井の中の蛙《かわず》、というやつである。

一応、ソツのない感じで仕上げることもある程度は出来てしまうので、「まあ、いいか、それでも」と書いていた。基本的に、どうしようもないことではあまり深刻には悩まないのだ。とはいえまだ20代で自己顕示欲も強かったから、好きなように書くにはどうすりゃいいんだと色々考えて、「雑誌はあきらめて、ウェブで好きなことを書こう」と切り替えた。２００５〜２００６年頃は、出版社やライターはまだ、「プロがタダで書くなんてありえないでしょ」みたいな、ウェブを軽視してる人が多い時期。実際僕にそう言ってくるライターや編集者もいた。「よくやるよね」的な嘲笑も含んだ感じで。僕は、書くところないんだからしょうがないだろという、止《や》むに止まれぬ事情だったが、結果的に今、ウェブの方が力を持っているんだから、ここは一つ、「僕の先見の明」的なことにさせてもらえないでしょうか。ダメ？

でもその頃から、「プロである」みたいな意識に違和感を覚えるようになった。シャレとしてならいいが、「プロとして」という言葉をマジメに使う人は好きになれない。確かに「プロとして」は、非常に自尊心を満足させてくれる言葉ではあるが、キャリアを重ねるほど、その「プロとして」のプライドが、時代の流れや行動するタイミングを見逃してしまうこともあるんじゃないか、「プロとして」が足を引っ張ることもあるんじゃないか、と思うようになったのだ。だったら「プロとしてはあるまじき行為」だとしても、自由に面白いことをやれたり、その人にしか出来ないことをやれる方が楽しいだろう。つまり、「プロは、プロに溺れるな」と、僕は言いたいのです。どうです、名言でしょう？　これもひとえに、毎回締切をグダグダに遅らせてしまう、プロ失格な僕をムリヤリ正当化させるために考えました。これで「アリ」としてもらえませんか？　ダメ？

味わいのある文章を書くコツ

自分の文章が上手い、とはまったく思ってないので、あんまりエラそうなことは言えないのですが、「味わいのある文章を書くコツ」は簡単です。「結論を曖昧にする」。コレだけで良いのです!

たとえば、友達から「ナンパした女性を、抱けなかった話」を聞いてる時のことを思い出してみてください。それまで散々聞かされて、「結果、ヤレなかったんだけどさ」と言われた時、ガッカリするじゃないですか？　やっぱ「抱いた話」の方が聞いてて興奮するし、ロマンがあるじゃないですか？　では立場を変えて、自分が話す側にまわった場合。しかも本当に抱けなかった場合。そこは、いくら正直者のあなたでも「ヤレなかった」と素直に言っちゃダメです。「女と飲み屋を出て、そこから後はまあ、フフフフ……」という、ものすごい曖昧なシメにする方が、聞き手も想像の余地があるワケですよ！

　要は、これをそのまま文章に落とし込めばいいんです。ただ大事なのは、その前段階の部分を細かく書いておくこと。たとえば「彼女のソルティードッグはすでに空である。バーテンダーが、何かお飲みになりますか？　と彼女に聞く。俺はその言葉を制し、〝もう出ようか〟と、短く言った」。このぐらい細かく書いて、読む人のアタマの中に情景をイメージさせておく。でも、その店を出てからは、急激に曖昧にしてOK！

「店を出た途端、俺は彼女の手を握って……」。で、終わり、とか。え、その後は⁉　その後を教えろよ！　という、中途半端なところでシメちゃうのです！　この寸止め感が、「結局どうなったの……？」と、読み手の想像を促し、味わい深くさせる。慣れてきたら、もっと曖昧でもいい。「二人の夜は、そこでは終わらなかった……」で終わり、とか。なんか「味わいあるなあ」みたくなるでしょ？　完全に雰囲気だけですけど！

　これを使いこなせるようになれば、なんでも味わい深く出来ます。「コンビニでジャンプ買った」とかでもいける。「月曜日の朝。コンビニに入ると、俺はおもむろにジャンプを手に取って……」。終わり。「買った」という結論を書かないだけで、なんか妙に余韻が出る。こうなるともう、なんでも味わい深くいける！「ビックリマンチヨコの袋から、キラシールが見えて……」「タンスの角に、足の小指を……」。どうですか！　文章の最後を曖昧にするだけで、こんなにも味わい深くなることがわかりましたでしょうか？　後はもう、そこから…………（曖昧）。

「味わい」実践編・「コカ・コーラ」のための文章

南青山のオープンテラス。目の前のテーブルに、コカ・コーラのボトルがある。その向こうのテーブルに、美しい女性が座っていた。麦わら帽子を被り、フライドポテトをひとつつまみ、目尻を下げた。素敵な笑顔。しばらく、彼女のことを考えてしまった。

この不思議な女性との出会いは、恵比寿で夕食の約束をしていた編集者の友人が連れてきたのが最初だ。さっきまで一緒に撮影をしていたのだという。ボブにシンプルなブルーのシャツとホワイト・ジーンズ、細いゴールドのネックレスときれいなブルーのピアス。あまりに飾りっ気のない格好だったので、職業がスタイリストだと聞いて少し意外に思った。

驚いたのは、ものすごくよく食べること。そこは京料理の店だったのだが、おばんざいからはじまり、揚げネギの包み焼き、トロカジキの漬け焼き、カンパチとマグロの刺身に自家製メンチカツ。さらに豚の塩角煮と湯豆腐まで、ほとんど彼女一人で食べてしまった。

ファッションは外見が満たされる。食事はカラダの中が満たされる。これ以上の楽しみはないわ、と言う。

次に驚いたのは、アルコールをまるで飲まないこと。

すぐに酔っぱらってしまうから、らしい。ふだんはいつも、お茶かお水かコカ・コーラ。料理によって変えてるのだという。飲めないのは寂しくないの？　と聞くと、お酒がなくても充分美味しいから大丈夫。私はグルメじゃないから、知らない味を知りたいって欲求はないの。美味しいと思えればそれで幸せだから。

あっけらかんと言われて、昨日さんざん、知人とあの店がどうの、と言っていた自分のことを思い出して少し恥ずかしくなった。

お酒を飲むのは、正月、新潟に帰省した時、父親につきあって晩酌を一杯だけ。それでも顔が真っ赤になって、潰れてしまうらしい。

彼女はいろんな話をしてくれた。新潟ロシア村という、今は潰れてしまったテーマパークのこと。北海道の摩周湖にある神の子池というパワースポットに感動したこと。愛媛の伊丹十三記念館。ジェームス・ブラウンのインスト曲。『イリュージョニスト』というアニメーション映画。若い頃のクリント・イーストウッドに夢中なこと。青山にある、矢沢永吉のバー。

どれも興味深い話で、楽しい時間だった。

週末は、予定がないといつも食べ歩きをしているという。自分も食べるのは好きなので、今度誘ってくださいと頼んで、別れた。

次の日、その食べ歩きのお誘いメールが来たので、胸が高鳴った。ちょうど彼女のことを考えていたところだったからだ。

もちろん、喜んで。そう返すと、絵文字だけの返事が来た。

休日の待ち合わせは、渋谷の駅すぐにある楽器屋の前。まとわりつくような温《ぬる》い空気と湿気。今日も暑い。

「おなか、すかせてきました？」と、彼女はボーダーのTシャツに白のショートパンツ、足下はスニーカーで現れた。ちょっと拍子抜けする。もう少しデート気分のつもりでいたのだ。
「今日は暑いから、コカ・コーラ飲みたい気分だなあ。いいですか？」

連れていかれたのは、並木橋近くにあるピザ屋。ニューヨーク・スタイルというのか、薄い生地の大きいピザをカウンターで選び、一枚切り取ってもらうシステム。彼女は当然のようにコークを頼むので、こちらも従い、同じものを注文した。大きなテーブルに横並びで座って食べる。この店には行ってみたかったの？　ううん、テキトウ。いつもこんな感じで衝動的に入るの。

彼女は食べる時、いつもニコニコする。美味しそうにコカ・コーラの小瓶を口にする。それが本当に幸せそうに見えた。横顔でも、それを見ているのはこちらも楽しい気分になってくる。彼女はいつもこんな感じなのだろうか。

もしさ、入ったお店の料理が美味しくなかったら、どうなの？　と尋ねると、小瓶を軽く振って、「コークで流し込めば、問題なし」と笑った。

店を出て、歩いて高架橋の下をくぐる。「あ、ここ知ってます？」と彼女が手を引っ張ってきて、少しドキッとした。

清掃工場の近くにある、小さな植物園。工場で使われる熱を利用して植物を育てている、近隣住人への還元施設として建てられたものらしい。渋谷にこんな場所があるなんて。縦長の吹き抜けで3つのフロアがあり、3階の休憩室の椅子に腰をかける。

ここは好きな場所なの、植物を見ると落ち着くでしょう？　と言って、彼女がトートバッグから包みを取り出した。バインミー☆サンドイッチ。あなたと会う前に買ってきたの、という。

え、もう⁉　と少し狼狽《うろた》える。ついさっきピザを食べたばかりなのに。でも、彼女がとてもよく食べるのはわかっていたことだ。食べながら、彼女が最近の仕事の話をする。ある広告の撮影があり、打ち合わせで企画が二転三転して、そのたびにスタイリングの衣装を借り直さないといけない。それでもなんとか当日の撮影にこぎ着けたのだが、それまで打ち合わせにも参加していなかったクライアントの上司が突然やってきて、「話が違う」と言いだし、そのまま撮影がナシになってしまったのだという。

仲のいいタレントにムリ言って頼んだ撮影だったので、芸能事務所もカンカンになってしまい、明日謝りにいかないといけないからユウウツなんだ、と彼女は言う。だが、あまりに美味しそうに食べているので、ぜんぜん深刻な感じを受けない。正直にそう言うと、彼女が吹き出して笑う。食べてると幸せになっちゃうんだよなあ、情けない、と頭を掻《か》いた。その照れる仕草はとてもチャーミングで、魅力的だった。

植物園を出ると、「少し歩かない？」と提案する。ピザとサンドイッチと立て続けだったので、ちょっと腹ごなしをしたかったのだ。だが、その提案は逆効果だったのかもしれない。歩いてる途中に見つける、シュークリーム、タルティーヌ、たこ焼き、かき氷。「ちょっとつまもう」などと嬉しそうにお店に入っては注文していく。気づくと青山まで歩いていた。彼女が、ここまで来たら赤坂の老舗の羊羹《ようかん》屋さんに行こう、とニコニコする。こっちも苦笑まじりに、すごい食欲なんだね、と言うと、それはわかってたことでしょ？　と、まるで気にしてない様子。あっけらかんとして奔放。彼女は、どんな気持ちで自分を誘ってくれたのだろう、とわからなくなった。

陽が落ちて、少し涼しくなる。ケヤキ通りの前で、彼女がそうだ、と飛び跳ねた。

「野球、観よう！」

神宮球場でナイター観戦。ようやくデートっぽくなった。外野自由席の安いチケットを購入し、席につく。整備されたグラウンドの緑が目に優しく、夜風が気持ちいい。自分たちの座ったポール側はガラガラで、少し離れた距離から聞こえる応援の声もほど良い喧《やかま》しさ。スタンドの一番上に座った。彼女がコカ・コーラを2本と、ウインナーを買ってくる。彼女が目を細めながら、野球は詳しくないんだけど、あのツバメが可愛くて好きなの、と指をさした。グラウンドの隅で、野球帽をかぶったツバメのキャラクターが愛くるしく動きまわっている。そして彼女が、今日はつきあってくれてありがとう、とグラウンドの方を見つめながら言った。すごく食べるから引いたでしょ？　いや、ぜんぜん。君と一緒にいてすごく楽しかったよ、と返す。実際に楽しいと思っていたのだが、彼女はお世辞だと受け止めたようだ。ふふ、と笑って、自分のことを話しだした。去年まで妻子のある男性とつきあっていたこと。道ならぬ恋だが真剣だったこと。彼が自分につきあって同じ量を食べてくれていたので、彼だけがあっという間に太ってしまい、それで向こうの奥さんにバレてしまったこと。そのあと、結局離婚なんてしてくれなかったこと――。どっちもバカだったのね、と彼女はつぶやいて、食べていたウインナーをコカ・コーラで流し込む。でも、その彼女の表情も幸せそうに見えて、思わず笑ってしまった。なによう、と少し頬をふくらます彼女に、ごめん、そんな話を美味しそうな顔でするからさ、と言うと、彼女は照れた表情を浮かべて、あの時は辛かったけど、結局、コークで流し込めば問題なし、になっちゃうんだよなあ、と頭を掻いて、微笑んだ。ナイターはちょうど5回の裏が終わり、神宮球場ナイター名物の花火が打ち上がった。300発の花火だ。ドンドン、と夜空に響き渡る中、どちらからともなく、唇を重ねた。彼女の唇はコカ・コーラの甘い味がする。その時間は花火が終わるまで続いた。空の音が静まり、唇が離れる。このあと、どうする？　と期待たっぷりに聞くと、彼女は大きな瞳で見つめながら、言った。

「近くに美味しいカレーうどんのお店があるの」

あとがき　～ゴリラはいつもオーバーオール～

「直角さんは、綱渡りですか？」

　本書の装丁を手がけてくれた大島依提亜《いであ》さんと打ち合わせをした時、出し抜けに大島さんが僕に訊いてきた。

（どういう意味だろう……？）。

　急な問いに答えが詰まる。大島さんは何を訊こうとしているのか。僕は何を綱渡りしているのか。収入？　仕事量？　精神状態？……確かに綱渡りな気もする。大島さんからは、そんなにアブなそうに見えたのだろうか。「うわ、こいつ、ギリギリだな」。そう訊かずにはおれない危うさを醸し出していたのか。思わず自分の格好を見る。ネルシャツ、セーター、ジーパン。お金を持ってそうな感じは微塵《みじん》もないが、深刻なほどボロボロ、というわけでもない。異臭もしていないはず。あとは、大島さんが話してくれている目の前で、ガンダムの右足だけを何十本も紙に落書きしていたが、まさかそれが理由ではあるまい。

大島さんは、こっちを見つめて、僕の返事を待っているようだった。しかし、質問の意味がわからない。(無視しようか)とも思ったが、打ち合わせの場で、初対面の大島さんをガン無視するのも大人としてどうかと思う。僕はしばし考えて、大島さんをまっすぐ見つめ返して、言った。

「でも、それも人生、ですよね」

答えになってていない。なってはいないが、皆さんもよくわからない質問には、こう答えるとよい。テレビのドキュメンタリー番組でもよく見るだろう。ラーメン屋の店主などに「最後に伺いますが、あなたにとって、ラーメンとは?」「ラーメンは、人生と同じですね!」みたいな会話。これは、訊く側もそんなにたいした答えを期待していない。なんとなく最後に「ハイ、キレイにシメましたね」感が欲しいだけだ。そういうのは大抵「人生だ」と答えておけば間違いない。人生なんて色々あるからほとんどのシチュエーションに当てはまるし、その上「いいことを言った」感も出る。大体の質問は、「人生だ」と答えておけば、なんだか深みのある響きに聞こえるので、非常に便利なのだ。今日の場合、打ち合わせが始まってまだ7分くらいしか経っていないのが少し気になるけれども、大島さんがそろそろシメたかったのだろう。

（余談だが、英文とかフランス語の文章で「これどういう意味？」などと訊かれた場合は、まったく読めなくても「なんか、〝夢をあきらめないで〟的なことだよ」と言っておけば大体間違いない）。

大島さんは僕の答えに、ポカーンとした表情を浮かべた。そして、（ああ、この人は、アレだな）という判断を下したのかもしれない。僕の「人生うんぬん」的な答えをスルーして、語りだした。

「100％ORANGEの及川さんはね、いつもあんなにかわいいイラストを描くけれど、かわいいだけじゃない。本人の中にはいろんな要素があるんです。ドロドロした部分も意地悪な部分もちろんある。そういった自分の中のバランスを、綱渡りしながら描いているんですよね。直角さんも、そういうところがあるのかな、と思って」

大島さんの言葉に、僕は真剣な顔で頷いた。

「そう。僕が言いたかったのも、それです」

ウソである。堂々とウソをついてしまったが、正直、今の話を聞いて、「僕もそれがいい」と思ったのだ。「カッコイイな」と思ったのだ。自分の中の、世間へのイメージとのギャップを抱えつつ、綱渡りをし続ける表現者。この本の表紙の、かわいらしいゴリラを描いてくれたのも100%ORANGEの及川さんである。「及川さんと僕、同じ、ってことにしたい」と思ったのだ。僕は続ける。

「バランスが、なんか、もう、大変で、困りますよね」

何を言っているのかわからない。というか、何も言っていないに等しい。そもそもどういうことかイマイチ理解していないので、こんなフワーッとした言葉になっている。だが、「同じ悩みを抱えるクリエイター」的な雰囲気は出せたんじゃないか。あともう少しで、及川さんと同じ地平に立つだろう。僕は視線をずらして、目を細め、さらにカブせる。

「そっか。一緒なんだあ……」

大島さんはすぐに話題を変えた。それ以降、最後まで綱渡りの話に触れることはなかった。僕としてはもっと続けたかったのだが、大島さんにとっては、及川さんと並ぶクリエイターの突然の出現に、脅威を感じたのかもしれない。もしもビビらせたのだとしたら、申し訳ないことをしたと思う。この場を借りて、お詫《わ》びします。

そんな打ち合わせをもって作られたこの文庫本は、2011年に新書館から出たイラストコラム集『直角主義』からの文章と、いろんなところに書いたものからテーマに近そうなコラムを集めた1冊になっている。『直角主義』も、また別のいろんな世界が広がっているので、良かったらそっちも手にとっていただけたら嬉しいです。

タイトルに深い意味はあまりない。永井ミキジくんというデザイナーの友人がいて、彼の知り合いのコレクターがキングコングのグッズを集めている。キングコングを集めるということは、ゴリラを集めるのとほぼ同義になる。世にゴリラグッズなんて膨大にあって、すべてを集めることは不可能に近い。だから、その人のゴリラ・コレクションの基準は、「バナナを持っているゴリラと、オーバーオールを着ているゴリラ、それ以外のゴリラをぜんぶ買う」のだそうだ。僕はこの話が大好きで、ワガママを言ってタイトルにさせてもらった。

「気づく」のは楽しいことだ。ゴリラがいつもオーバーオールを着ていることも、隣のテーブルの客がどこか様子がおかしいことも、駅前にある変なオブジェにも、会話における微妙なすれ違いにも。「気づく」と、色々なものが姿かたちを変えてくる。先入観や思い込みは「気づく」ことを見逃してしまう。誰かの言葉からじゃなく、自分の目で気づきたい。自分には世界がこう見える。それだけが真の自由で、独自のものだと思うのだ。

渋谷直角

これはなんの話だ　～カウンターだけの店～　「ケトル」VOL.18
これはなんの話だ　～喫茶店～　「ケトル」VOL.3
これはなんの話だ　～バック・トゥ・ザ・フューチャー～　「ケトル」VOL.23
これはなんの話だ　～松本清張～　「ケトル」VOL.26
これはなんの話だ　～シャーロック・ホームズ～　「ケトル」VOL.28
渋谷という町　～東急文化会館～　ZINE「チョッちゃんジャーナル」(SPBS)
渋谷という町　～喫茶店について～
　　ZINE「チョッちゃんジャーナル」(SPBS)
渋谷という町　～レコード屋狂奏曲～
　　ZINE「チョッちゃんジャーナル」(SPBS)
渋谷という町　～ごはんはなし崩せ～
　　ZINE「チョッちゃんジャーナル」(SPBS)
渋谷という町　～裏DVD屋での後悔～
　　ZINE「チョッちゃんジャーナル」(SPBS)
渋谷という町　～ハリランと代官山～
　　ZINE「チョッちゃんジャーナル」(SPBS)
渋谷という町　～渋谷系には入れなかった～
　　ZINE「チョッちゃんジャーナル」(SPBS)
渋谷という町　～オルガンバーでイベントをやっていた頃～
　　ZINE「チョッちゃんジャーナル」(SPBS)
ストレスなく生きるには　ZINE「チョッちゃんジャーナル」(SPBS)
校正のナックさん　ZINE「チョッちゃんジャーナル」(SPBS)
小室哲哉のコンプレックス　ZINE「チョッちゃんジャーナル」(SPBS)
オーケンに感謝する　ZINE「チョッちゃんジャーナル」(SPBS)
「プロ」に溺れるな　ZINE「チョッちゃんジャーナル」(SPBS)
味わいのある文章を書くコツ　「週刊SPA！」2012年3月6・13日合併号
「味わい」実践編・「コカ・コーラ」のための文章
　　「Coca-Cola Journey」2014年9月16日公開
　　(URL:http://www.cocacola.co.jp/stories/mousou_shibuya)
あとがき　～ゴリラはいつもオーバーオール～　文庫書き下ろし

初出一覧

まえがき　渋谷直角『直角主義』新書館（2012年）
落ち込む少年　渋谷直角『直角主義』新書館（2012年）
夢の向こうにいる男１　渋谷直角『直角主義』新書館（2012年）
夢の向こうにいる男２　渋谷直角『直角主義』新書館（2012年）
ラブホテルを治める男（前編）　渋谷直角『直角主義』新書館（2012年）
ラブホテルを治める男（後編）　渋谷直角『直角主義』新書館（2012年）
恋をした男１　渋谷直角『直角主義』新書館（2012年）
恋をした男２　渋谷直角『直角主義』新書館（2012年）
恋をした男３　渋谷直角『直角主義』新書館（2012年）
恋をした男４　渋谷直角『直角主義』新書館（2012年）
チャリで来る男　渋谷直角『直角主義』新書館（2012年）
プロデュースする男　渋谷直角『直角主義』新書館（2012年）
M. O. T. O.　渋谷直角のホームページ http://www.shibuyachokkaku.com
悪口を言わない男　渋谷直角『直角主義』新書館（2012年）
見栄を張る男　渋谷直角『直角主義』新書館（2012年）
誕生会に出る男　渋谷直角『直角主義』新書館（2012年）
「麗郷」にいた女　フリーペーパー「直角主義マガジン」
運　ミニ・ウェブ・マガジン「こフイナム」http://co.houyhnhnm.jp/
JDS　渋谷直角『直角主義』新書館（2012年）
東銀座界隈ドキドキの日々①　渋谷直角『直角主義』新書館（2012年）
東銀座界隈ドキドキの日々②　渋谷直角『直角主義』新書館（2012年）
東銀座界隈ドキドキの日々③　渋谷直角『直角主義』新書館（2012年）
東銀座界隈ドキドキの日々④　渋谷直角『直角主義』新書館（2012年）
東銀座界隈ドキドキの日々⑤　渋谷直角『直角主義』新書館（2012年）
東銀座界隈ドキドキの日々⑥　渋谷直角『直角主義』新書館（2012年）
日本語の美しさを感じたい　渋谷直角『直角主義』新書館（2012年）
野球について書いてみる　「屋上野球」VOL.2　編集室屋上
イブラ気分　「小説すばる」2015年11月号
オーガニック・カフェにさよなら　渋谷直角『直角主義』新書館（2012年）

本書は初出一覧の連載原稿に加筆修正した文庫オリジナルです。

幻冬舎文庫

●最新刊
ふたりの季節
小池真理子

私たちはなぜ別れたのだろう。たまたま立ち寄ったカフェで、昔の恋人と再会した由香。共に過ごした高校最後の夏が一瞬にして蘇る。三十年の歳月を経て再び出会った男女の切なくも甘い恋愛小説。

●最新刊
わたしの神様
小島慶子

ニュースキャスターに抜擢された人気ナンバーワンのアイドルアナはやがてスキャンダルの渦に引きずり込まれ……。〝女子アナ〟たちの嫉妬・執着・野心を描く、一気読み必至の極上エンタメ小説。

●最新刊
先生と私
佐藤　優

異能の元外交官にして作家・神学者の〝知の巨人〟は、どのような両親のもとに生まれ、どんな少年時代を送り、それがその後の人生にどう影響したのか。思想と行動の原点を描く自伝ノンフィクション。

●最新刊
旅の窓
沢木耕太郎

「旅を続けていると、ぼんやり眼をやった風景のさらに向こうに、不意に私たちの内部の風景が見えてくることがある」。旅情をそそる八十一篇の小さな物語。沢木耕太郎「もうひとつの旅の本」。

●最新刊
貴様いつまで女子でいるつもりだ問題
ジェーン・スー

女にまつわる諸問題（女子問題、カワイイ問題、ブスとババア問題、おばさん問題……etc.）から、恋愛、結婚、家族、老後まで——話題の著者が笑いと毒で切り込む。講談社エッセイ賞受賞作。

幻冬舎文庫

●最新刊
タックスヘイヴン Tax Haven
橘 玲

在シンガポールのスイス銀行から日本人顧客のカネを含む1000億円が消え、ファンドマネージャーが転落死した。名門銀行が絶対に知られたくない秘密とは？ 国際金融情報ミステリの傑作。

●最新刊
去年の冬、きみと別れ
中村文則

ライターの「僕」が調べ始めた二つの殺人事件には、不可解なことが多過ぎた。被告には狂気が漂う。しかも動機は不明。それは本当に殺人だったのか？ 話題騒然のベストセラー、遂に文庫化。

●最新刊
偽りの森
花房観音

京都下鴨。老舗料亭「賀茂の家」の四姉妹には、美しく悲しい秘密がある。不倫する長女、夫の性欲を憎む次女、姉を軽蔑する三女、父親の違う四女。「誰か」の嘘が綻んだ時、四人はただの女になる。

●最新刊
心がほどける小さな旅
益田ミリ

春の桜花賞から鹿児島の大声コンテスト、夏の夜の水族館、雪の秋田での紙風船上げまで。北から南、ゆるゆるから弾丸旅まで。がちがちだった心がゆるみ元気が湧いてくるお出かけエッセイ。

●最新刊
30日で生まれ変わる美女ダイエット
エリカ・アンギャル

内なる美を引き出してくれるのは、正しい食事と健やかな生活。30日間続けることで、体の中の眠った美しさが目覚め始める。美のカリスマによるプログラムで輝く体とハッピーな心を手に入れて。

ゴリラはいつもオーバーオール

渋谷直角《しぶやちょっかく》

平成28年4月15日　初版発行

発行人――石原正康
編集人――袖山満一子
発行所――株式会社幻冬舎
〒151-0051東京都渋谷区千駄ヶ谷4-9-7
電話　03(5411)6222(営業)
　　　03(5411)6211(編集)
振替00120-8-767643

印刷・製本―図書印刷株式会社

装丁者――高橋雅之

幻冬舎文庫

ISBN978-4-344-42465-4　C0195　し-40-1

幻冬舎ホームページアドレス　http://www.gentosha.co.jp/
この本に関するご意見・ご感想をメールでお寄せいただく場合は、
comment@gentosha.co.jpまで。